JF 80722622 A
F6
The Seattle Times
THURSDAY, NOVEMBER 25, 1971
144 PAGES
year we throng
port,
rd with feast and song
ness of heart.
Gutterman, The First Thanksgiving
THURSDAY, NOVEMBER
Hijacker remains at lar
ORTHWEST
A widespread search was under way today for a middle-aged hijacker who appar-
The man was missing when the jetliner arrived in Reno. So was the $200,000
three stewardesses. Four remaining members were in the

Jens Eisel

Cooper

JENS
EISEL

COOPER

Roman

PIPER

Mehr über unsere Autorinnen, Autoren und Bücher:
www.piper.de/literatur

Von Jens Eisel liegen im Piper Verlag vor:
Hafenlichter
Bevor es hell wird

Das Motto stammt aus:
Cormac McCarthy, Kein Land für alte Männer
In der Übersetzung von Nikolaus Stingl

Unser Versprechen für mehr Nachhaltigkeit
Klimaneutrales Produkt
FSC®-zertifiziertes Papier
Hergestellt in Deutschland

FSC
www.fsc.org
MIX
Papier aus verantwortungsvollen Quellen
FSC® C014496

ISBN 978-3-492-05910-7
2. Auflage 2022

Gesetzt aus der Joanna
Satz: psb, Berlin
Druck und Bindung: GGP Media GmbH, Pößneck
Printed in Germany

Für Toni

Er ist ein Geist. Aber er ist da draußen. Man wird's nicht für möglich halten, dass einer einfach so auftauchen und wieder verschwinden kann. Ich warte die ganze Zeit darauf, dass ich noch mehr von ihm höre.
Vielleicht passiert das ja noch. Vielleicht aber auch nicht.

Cormac McCarthy

Die vorliegende Geschichte basiert auf wahren Begebenheiten. Die dargestellten Ereignisse fanden im Jahr 1971 im Nordwesten der USA statt. Einige Handlungen wurden aus dramaturgischen Gründen verändert. Aus Rücksicht auf noch lebende Personen wurden die Namen geändert.

United States Government
Memorandum
Datum: 11/24/71
An: SAC, SAN DIEGO
Von: XXXXXXX
Betreff: Entführung von Northwest
Airlines Flug 305 am
11/24/71
CAA

Am 11/24/71 teilt das Seattle Office telefonisch mit, dass sich eine Boeing 727 der Northwest Airlines auf dem Flughafen Seattle befindet und ein Unbekannter 200.000 US-Dollar plus vier Fallschirme verlangt. Das Büro gibt an, dass sich dreißig Menschen an Bord des Flugzeuges befinden und der Unbekannte angeblich eine Bombe bei sich trägt. Er wird als 180 cm groß und 175 Pfund schwer beschrieben. Er hat schwarzes Haar und ist etwa 40 Jahre alt.
Die anschließende telefonische Überprüfung über die Flugsicherung hat ergeben, dass die Boeing sich während der Entführung auf dem Weg von Portland nach Seattle befunden hat. Die Flugnummer lautet 305.
Die Entführungsabteilung wurde benachrichtigt und steht bereit.
XXXXXXX
San Diego

Prolog

10. Februar 1980
Columbia River

Es war das erste Mal seit Wochen, dass Lee seinen Vater ohne Arbeitskleidung sah. Er saß neben ihm am Steuer seines Broncos, im Radio lief Deep Purple, draußen zog die Landschaft vorbei. Sie fuhren auf der Fünf Richtung Süden, der Himmel war bewölkt, aber es war trocken und wärmer als an den Tagen zuvor. Der Schnee, der hier und dort noch am Straßenrand lag, würde spätestens heute Abend verschwunden sein. Er dachte an die Angelsachen auf der Ladefläche, und konnte es kaum abwarten, endlich am Columbia River anzukommen. Sein Vater war Zimmermann, und die Firma, bei der er arbeitete, hatte gerade jede Menge zu tun. Lee war stolz darauf, dass sie ganze Viertel aus dem Boden stampften, doch in der letzten Zeit vermisste er ihn mehr als sonst. Er freute sich darüber, dass sie heute den ganzen Tag zusammen verbringen würden.

In Vancouver verließen sie die Interstate und fuhren über den Fourth Plain Boulevard Richtung Stadtrand. Die Straße war von bunten Holzhäusern gesäumt. Sie kamen an einer Walgreens-Filiale, einer Feuerwache, einer Tankstelle und mehreren Bars und Motels vorbei, bis die Wohnhäuser allmählich weniger wurden und die Straße hinter einer Eisenbahnbrücke hauptsächlich von Lagerhallen und kleinen Fabriken flankiert wurde. Nach einer Meile erreichten sie die Lower River Road. Man konnte den Fluss zwar noch nicht sehen, aber Lee wusste, dass die Stelle, zu der sie unterwegs waren, nicht mehr weit entfernt lag.

»Was meinst du«, sagte sein Vater, als er kurz darauf auf eine geschotterte Straße abbog, »haben wir diesmal mehr Glück?«

Er lächelte und legte Lee die Hand auf die Schulter, während der Wagen knirschend über die unbefestigte Piste holperte.

»Ich denke schon«, sagte Lee und sah seinen Vater an. »Nein, ich bin mir sogar sicher.«

Die Straße machte eine leichte Rechtskurve, und sie konnten den Fluss sehen, der still und dunkel dahinströmte. Sein Vater parkte direkt am Ufer. Sie stiegen aus und gingen um den Wagen. Lee war vor Kurzem neun geworden, und als er die Ladeklappe öffnete und nach den Angelruten griff, merkte er, dass er seit dem letzten gemeinsamen Ausflug ein gutes Stück gewachsen war. Er musste sich kaum noch strecken, um sie zu erreichen.

Sein Vater schien seine Gedanken zu lesen. Er stand neben ihm und sah ihn anerkennend an.

»Wir machen das viel zu selten«, sagte er und

nahm den Koffer mit der Angelausrüstung von der Ladefläche.

Lees Großvater war Jahre vor seiner Geburt gestorben, doch auf den Bildern, die er von ihm kannte, war sein Vater ihm wie aus dem Gesicht geschnitten. Groß und drahtig, dunkle, fast schwarze Haare, aber das Markanteste war dieses Lächeln. Er wusste, dass die beiden früher ebenfalls hier gefischt hatten, und immer, wenn sie zum Columbia River fuhren, konnte er die Anwesenheit seines Großvaters förmlich spüren.

Sie gingen an der Wasserlinie entlang zu der Stelle, an der sie schon im vergangenen Sommer geangelt hatten, und Lee lief zum Bronco zurück, um den Kescher und die beiden Klappstühle zu holen. Der Sand war schmutzig und feucht, und am Ufer lagen vereinzelte, vom Flusswasser glatt geschliffene Baumstämme, deren Farbe ihn an Elfenbein erinnerte.

Zurück bei seinem Vater stellte er die Stühle nebeneinander auf und machte sich daran, seine Angel vorzubereiten. Er benutzte eine kleine Spinnrute, die er mit einem Kunstköder bestückte. Das letzte Mal hatten sie nicht einen einzigen Fisch gefangen, und er glaubte nicht wirklich daran, dass es heute anders laufen würde. Dafür waren sie zu spät dran. Aber auch wenn sie ohne Fang zurückkehrten, wäre Lee vollkommen zufrieden.

Sein Vater stand abseits auf einer Sandbank, und Lee entschied sich für die schmale Landzunge, die ein paar Meter in den Fluss ragte. Er blickte zu der anderen Uferseite, wo im Sommer Mais und Weizen wuchsen, die jetzt aber kahl und tot wirkte. Der Wind war hier stärker, und die Wolken hingen bedrohlich tief. Er warf den Köder etwas flussauf von der Landzunge ins Wasser, ließ ihn mit der Strömung treiben und holte ihn wieder ein. Es war Monate her, dass er eine Angel in der Hand gehalten hatte, und er ging davon aus, dass er diesen Ablauf mehrere Dutzend Male wiederholen musste. Aber als er den Köder zum zweiten Mal einholte, spürte er, wie etwas an der Schnur zupfte. Er gab mehr Leine und wartete ab, doch er verlor den Fisch. Jetzt war sein Ehrgeiz geweckt, und eine Stunde später hatte er einen kleinen Lachs und zwei große Stahlkopfforellen gefangen. Auch sein Vater holte einen Fisch nach dem anderen aus dem Wasser.

»Verdammt«, sagte er, als die beiden kurz darauf nebeneinander auf den Klappstühlen saßen, »heute ist wohl unser Glückstag.«

Er rauchte und trank Kaffee aus seiner Thermoskanne, Lee nippte an einer Pepsi, und sie blickten zu der Kühlbox vor ihnen, die sich nicht mehr schließen ließ.

»So viele Fische hab ich nicht mal mit deinem Grandpa gefangen.«

Sein Vater trank einen Schluck.

»Ich hab doch gesagt, dass wir heute was angeln«, sagte Lee stolz.

Sein Vater nickte.

»Was hältst du davon, wenn du etwas Holz suchst und uns ein Feuer machst, während ich zwei Forellen ausnehme?«

Er hielt ihm sein Zippo-Feuerzeug hin.

»Das klingt nach einer sehr guten Idee.«

Das Flussufer war mit Treibholz übersät, und es dauerte nicht lange, bis er einen beachtlichen Haufen aufgeschichtet hatte. Er schleppte ein paar große Steine zusammen, mit denen er das Feuer begrenzen wollte, und begann die Stelle zu ebnen. Er kniete sich hin, um einen quaderförmigen, mit Algen bewachsenen Stein beiseitezulegen. Nachdem er ihn entfernt hatte, fand er etwas tiefer im Sand noch einen. Erst beim dritten fiel ihm auf, dass es gar keine Steine waren. Er klopfte den Sand ab und besah sich das letzte Fundstück genauer. Die äußeren Scheine waren stark verwittert, doch die Banknoten, die sich im Inneren befanden, waren fast vollkommen intakt. Aber konnte das tatsächlich sein? Er blickte zu seinem Vater, der die ausgenommenen Fische im Flusswasser wusch. Dann setzte er sich in den Sand und legte die beiden anderen Geldbündel vor sich hin. Auch diese enthielten Zwanzigdollarnoten. Die Pakete wurden von einer Banderole zusammengehalten, und da einige Scheine aneinanderklebten, war es schwierig, sie zu zählen. Sicher war nur, dass er noch nie so viel Geld auf einmal gesehen hatte. Es würde ausreichen, um sich einen Atari und ein BMX-Rad zu kaufen.

Wahrscheinlich wäre sogar noch jede Menge übrig. Sofort schlich sich ein neuer Gedanke ein. War es möglich, das Geld einfach zu behalten? Doch dann dachte er an die Fernsehserie, in der es um zwei Ermittler ging, die in Kalifornien das organisierte Verbrechen bekämpften. Aus dieser Serie wusste er, dass mit Kriminellen nicht zu spaßen war, und wer sonst könnte die Bündel hier vergraben haben. Was war, wenn sie beobachtet wurden? Außer seinem Vater konnte er jedoch niemanden sehen.

Er blickte wieder zu der Stelle, an der er das Geld gefunden hatte, beugte sich darüber und begann zu graben.

»Was tust du hier?«

Lee hatte seinen Vater nicht kommen hören.

»Ich …«, er wusste nicht, wie er die Sache erklären sollte. Doch dann sah sein Vater die Geldbündel.

1

24. November 1971
Portland

Das Motel lag nordöstlich vom Stadtzentrum, direkt an der Interstate. Er hatte in den letzten Wochen kaum geschlafen und fest damit gerechnet, dass es in dieser Nacht nicht anders laufen würde. Deshalb hatte er sich nicht einmal die Mühe gemacht, sich auszuziehen. Umso mehr verwunderte es ihn, wie ausgeruht er sich nun fühlte. Das Geräusch des Verkehrs, der sich vor dem Motel über die Straße schob, vermischte sich mit dem Brummen des Kühlschranks. Die Vorhänge waren zugezogen, aber an dem Licht, das durch den schmalen Spalt auf den Fußboden fiel, erahnte er, dass es wahrscheinlich bewölkt war, vielleicht sogar regnete. Er wusste, dass die Jahreszeit gegen sein Vorhaben sprach. Doch bis zum Frühjahr konnte er nicht warten. Außerdem barg der Herbst einige Vorteile, denn er war sich sicher, dass schlechtes Wetter die Suche nach ihm erschweren würde. Vorausgesetzt, er würde die Sache unbeschadet überstehen. Er hatte oft über den heutigen Tag nachgedacht, sich gefragt, ob er zweifeln würde. Insgeheim hatte er sich einen Abbruch offengehalten, doch seit er gestern Abend in Portland angekommen war, wusste er, dass er es durchziehen würde. Er hatte über eine Stunde auf einem dunklen Parkplatz in seinem Pick-up gesessen, geraucht und die Lichter der startenden und landenden Flugzeuge betrachtet. Richard hatte schon immer das Gefühl gehabt, dass sich das Leben frontal auf ihn zubewegte. Der frühe Tod seines Vaters, die harte Arbeit auf der Farm, die Verzweiflung seiner Mutter, die Army, die unehrenhafte Entlassung. Er hatte sich mit aller Kraft dagegengestemmt, und die Erschöpfung war von Jahr zu Jahr größer geworden. Aber als er auf dem Parkplatz in seinem Wagen saß, hatte er zum ersten Mal in seinem Leben das Gefühl, die Dinge wirklich in der Hand zu haben.

Er richtete sich auf, setzte sich an die Bettkante und sah sich im Zimmer um. Er hatte in den letzten Jahren fast durchgängig in Motels gewohnt und seinen Seesack niemals gänzlich ausgeräumt – immer in der Hoffnung auf ein besseres Quartier. Er war kreuz und quer durchs Land gefahren, hatte als Zimmermann, Erntehelfer und Baggerfahrer gearbeitet, und obwohl ihn einige Firmen fest einstellen wollten, war er jedes Mal weitergezogen.

Seit seine Mutter gestorben war, gab es keinen Menschen mehr, mit dem er regelmäßig sprach. Er war in Bars immer wieder Frauen begegnet, die er anziehend fand, doch er hatte es bei kurzen Unterhaltungen belassen. Nur einmal war er einem Hippiemädchen etwas nähergekommen, und auch wenn er sie gerne geküsst hätte, hatte er sich, als sie auf der Toilette war, aus dem Staub gemacht. Seitdem träumte er hin und wieder von ihr. Doch diese Träume waren die einzige Nähe, die er wirklich zulassen konnte. Und auch wenn er sich manchmal sehr einsam fühlte, war er überzeugt, dass es so richtig war.

Er stand auf, ging zum Fenster, schob die Vorhänge beiseite und blickte nach draußen. Der Himmel war bewölkt, aber es regnete nicht. Neben seinem Dodge standen noch vier weitere Wagen auf dem Parkplatz. Das Gebäude war hufeisenförmig angeordnet und öffnete sich zur Straße hin, auf der der Verkehr gleichmäßig vorbeirollte. Als Kind hatten ihm große Städte Angst eingejagt, doch mit der Zeit war aus dieser Angst Faszination geworden. Städte waren Orte, von denen man von heute auf morgen unbemerkt verschwinden konnte. Er mochte die Unverbindlichkeit der Bars, die bunten Reklametafeln der Geschäfte, den Geruch des warmen Asphalts im Sommer. In Portland war er nur ein einziges Mal gewesen, kurz nachdem er die Army verlassen hatte. Aber die Erinnerungen an diese Tage vermischten sich mit all den anderen Orten, an denen er eine Zuflucht gesucht hatte.

Sein Blick fiel auf den schwarzen Anzug, der auf einem Drahtbügel neben dem Waschbecken an einer Kleiderstange hing. Ein Dreiteiler aus dickem Tweed, den er vor ein paar Tagen in San Francisco gekauft hatte. Am selben Tag hatte er auch den Lederkoffer und die Skiunterwäsche besorgt, die er später unter dem Anzug tragen würde. Die Kleidung hatte ihm am meisten Kopfzerbrechen bereitet. Das mit den Fallschirmen würde sicher klappen, aber den Sprung in dieser Jahreszeit ohne geeignete Ausrüstung zu überstehen war eine Herausforderung. Er spürte ein Ziehen im Magen und begann augenblicklich zu schwitzen. Er versuchte sich damit zu beruhigen, dass er alles noch abbrechen konnte, doch er wurde immer nervöser. Das Ziehen im Magen verwandelte sich in ein Reißen. War er tatsächlich so verrückt zu glauben, dass sein Vorhaben gelingen könnte? Aber was sollte er stattdessen tun? Er hatte sein Geld fast ausgegeben, und mit dem, was er noch besaß, würde er maximal zwei Wochen auskommen. Sicher, er könnte sich einen Job suchen und weitermachen wie bisher. Aber dieses Leben hatte ihn ja erst dazu gebracht, alles auf eine Karte zu setzen.

Er begann, im Zimmer auf und ab zu laufen, und spürte, wie seine Hände taub wurden. Sein Herz pochte bis in die Schläfen, und ihm wurde schwindelig. Er setzte sich auf die Bettkante, doch er war zu unruhig, um sitzen zu bleiben. Also stand er wieder auf und suchte nach seinen Zigaretten. Als er sie in seiner Jackentasche fand, gelang es ihm nur mit großer Mühe, sich eine anzuzünden. Statt der erhofften Entspannung zog sich sein Brustkorb zusammen, und er bekam kaum noch Luft. Es war, als wäre sein Körper in einen riesigen Schraubstock gespannt.

Er drückte die Zigarette aus, ging zum Fenster und öffnete es. Und während er die kühle Luft einsog und nach draußen blickte, spürte er, wie sich der Druck in seiner Brust wieder löste. Er versuchte sich darauf zu konzentrieren, wie seine Lunge sich mit Sauerstoff füllte. Anfangs fiel es ihm schwer, doch nach ein paar Minuten merkte er, wie er ruhiger wurde. Und mit der Ruhe kehrte auch die Zuversicht zurück. Natürlich würde die Sache gut gehen, und in nicht einmal vierundzwanzig Stunden war alles überstanden.

Er musste sich nur einfach an seinen Plan halten.

Er schloss das Fenster, zog sich aus und ging auf die Toilette. Er drehte die Dusche an, ließ das Wasser laufen, stieg in die Wanne und stellte sich unter den heißen Strahl.

2

24. November 1971
Northwest Orient Airlines, Flug 305

Kate öffnete den Gurt, stand auf, strich ihren Rock glatt und blickte zum Servierwagen. Die Boeing war vor knapp fünf Minuten in Minneapolis gestartet und hatte ihre endgültige Reiseflughöhe noch nicht erreicht. Obwohl sie schon über sechs Jahre als Stewardess arbeitete, machte ihr der Druck auf den Trommelfellen immer noch zu schaffen. In letzter Zeit hatte sie sogar das Gefühl, dass es schlimmer wurde. Doch wahrscheinlich war sie einfach nur erschöpft. Da sich eine ihrer Kolleginnen krankgemeldet hatte, war sie die Strecke sechzehn Tage hintereinander geflogen; und das war entschieden zu viel. Bis auf die wenigen Stunden im Hotelzimmer hatte sie immer Menschen um sich, die irgendetwas von ihr wollten. Sie hatte sich bewusst für die Inlandsflüge entschieden, weil sie gehofft hatte, so mehr Zeit mit ihren Eltern verbringen zu können. Aber nach fünf Monaten auf dieser Route musste sie sich eingestehen, dass ihr die ständigen Starts und Landungen an die Substanz gingen. Sie hatte sogar den Eindruck, dass diese Flüge noch um einiges anstrengender waren als die Strecken nach Europa.

Sie löste die Bremse des Getränkewagens, blickte den Gang entlang und setzte sich in Bewegung. Es waren nur wenige Plätze besetzt, die meisten Passagiere saßen alleine. Der erste Mann, dem sie sich zuwandte, war um die siebzig. Seine grauen Haare waren kurz und ordentlich frisiert. Er trug einen braunen Cordanzug und wirkte etwas ängstlich.

Sie trat mit dem Fuß auf die Bremse und lächelte ihn an.

»Was möchten Sie trinken?«

»Nichts«, sagte er. »Vielen Dank, Miss.«

»Wenn Sie etwas brauchen, melden Sie sich einfach. Okay?«

Er nickte.

Die meisten Fluggäste waren freundlich, doch es gab an jedem Tag mindestens eine Person, die sich unmöglich benahm. In der Regel erkannte sie diese Passagiere schon beim Einsteigen, wenn sie sie der Reihe nach begrüßte. Meist waren es Männer, die sich verhielten, als hätten sie mit dem Ticket auch die Stewardessen gekauft. Kate vermutete, dass dies an den Uniformen lag, die die Fluggesellschaft im letzten Jahr eingeführt hatte. Sie waren von Christian Dior entworfen worden. Im Gegensatz zu den alten Kostümen wirkte das Rot fast aufdringlich, und für Kates Geschmack waren sie für ein Arbeitsdress deutlich zu freizügig. Am schlimmsten fand sie den Hut, der etwas lächerlich wirkte und sie an Rotkäppchen erinnerte. Aber etwas an dieser Kleidung schien Männer anzusprechen, denn es verging kaum ein Tag, an dem sie nicht eine Visitenkarte zugesteckt bekam.

Sie erreichte die nächste Reihe, eine Frau in ihrem Alter.

»Kann ich Ihnen etwas zu trinken anbieten?«

»Haben Sie Kaffee?«

Kate nickte, nahm einen Styroporbecher, füllte ihn auf und reichte ihn der Frau.

»Möchten Sie Milch und Zucker?«

»Nur Zucker«, sagte sie. »Vielen Dank.«

Kate war in einem kleinen Nest in Nebraska aufgewachsen, doch sie hatte immer von Reisen in fremde Länder geträumt. Dass man mit einem Flugzeug in wenigen Stunden von Nordamerika nach Asien fliegen konnte, hatte sie schon als Kind fasziniert. Während sie den Wagen weiterschob, musste sie an ihre Ausbildung denken. Sie hatte sich bei zwölf Airlines beworben, aber bis auf eine hatten alle abgesagt. Als der Brief von Northwest Orient Airlines sie erreichte, hatte sie innerlich schon aufgegeben. Und wahrscheinlich war genau das der Grund, warum sie die Ausbildung nicht hinterfragte. Ein Großteil der Inhalte beschäftigte sich mit dem Auftreten. Es gab Kurse, in denen vermittelt wurde, wie man sich richtig schminkte. Sie lernte, wie man seinem Gegenüber das Gefühl der Wichtigkeit verlieh. Und es wurde großer

Wert darauf gelegt, dass man sich selbst zurücknahm.

Die nächsten zwei Reihen waren unbesetzt. Dann kam sie zu einem Mann, der zu schlafen schien. Passagiere durfte man unter keinen Umständen absichtlich aufwecken, auch das hatte man ihr beigebracht. Und natürlich war das einleuchtend. So gut wie alles, was sie gelernt hatte, war für sie nachvollziehbar gewesen. Doch die Kate von damals gab es nicht mehr, und auch die Welt hatte sich grundlegend verändert. Tagtäglich gingen in den großen Städten Menschen gegen den Vietnamkrieg auf die Straßen. Frauen setzten sich für ihre Rechte ein. Und obwohl Kate niemanden kannte, der in einer Kommune lebte, gefiel ihr die Vorstellung, Freud und Leid mit anderen Menschen zu teilen.

Die Boeing wurde von einer leichten Turbulanz erfasst, und Kate blickte an dem schlafenden Mann vorbei aus dem Fenster. Sie flogen durch eine dichte Wolkenschicht. Beim Start war das Wetter noch einigermaßen okay gewesen, doch George hatte die Crew auf einen unruhigen Flug eingestellt. Im Gegensatz zum Druckunterschied beim Starten und Landen machten Turbulenzen ihr nichts aus. Aus Erzählungen wusste sie, dass auf dieser Strecke schon etliche Maschinen abgestürzt waren. Aber die Flugzeuge waren sicherer geworden, und sie vertraute der Technik. Seit sie als Flugbegleiterin arbeitete, hatte die Airline keine ihrer Maschinen verloren. Und George gehörte zu den erfahrensten

Piloten, die sie kannte. Er hatte das Fliegen bei der Air Force gelernt, und es hieß, dass es kaum einen Ort gab, an dem er nicht landen konnte.

Auf den nächsten Plätzen saß ein älteres Ehepaar, das Mineralwasser bestellte. An der Art, wie sie ihre Becher entgegennahmen, erkannte Kate, dass sie noch nicht oft geflogen waren. Morgen war Thanksgiving, und die beiden waren sicher zu ihren Kindern unterwegs. Auch Kate hätte das Fest gerne mit ihren Eltern verbracht, doch in diesem Jahr würde sie es wieder nicht schaffen. Sie war Einzelkind und wusste, dass ihre Mutter und ihr Vater sie an diesem Tag sehr gerne um sich hätten. Aber sie wusste ebenfalls, dass sie ihr niemals Vorhaltungen machen würden. Und trotzdem wurde sie von Traurigkeit gepackt, als sie sich ihre Eltern zu Hause allein vorstellte. Ihr Vater hatte im letzten Jahr einen leichten Schlaganfall erlitten. Obwohl er steif und fest behauptete, dass es ihm wieder gut ging, spürte Kate, dass er nachdenklicher geworden war.

Der letzte Passagier in der Reihe bestellte Martini. Er trug einen dunkelblauen Anzug, und die Art, wie er rauchte, erinnerte sie an Sean Connery. Es kam tatsächlich vor, dass bekannte Schauspieler oder Musiker in den Maschinen saßen. Erst vor Kurzem hatte ihr eine Kollegin erzählt, dass sie Paul Newman bedient hatte. Doch Prominente flogen so gut wie immer in der ersten Klasse.

Nachdem sie dem Mann den Martini gereicht hatte, schob sie den Wagen zurück zu ihrem Platz im Heck der Maschine, wo Emma gerade über das Bordtelefon mit dem Co-Piloten sprach.

Sie sicherte den Wagen, füllte die Getränke auf und setzte sich dann auf ihren Platz.

Kurz darauf setzte sich Emma neben sie.

»Alles okay?«, fragte Kate.

Emma nickte.

»Die Landung in Great Falls läuft planmäßig.«

Kate griff in ihre Reisetasche, die unter dem Sitz stand, zog eine Schachtel Luckys heraus und zündete sich eine an. Sie nahm einen tiefen Zug, schloss die Augen und dachte an ihr Hotelzimmer in Seattle.

Noch ein paar Stunden, dann hatte sie Feierabend.

Dann hatte sie endlich ein paar Tage Ruhe.

3

24. November 1971
Portland

Als er aus der Dusche auf den kühlen Fliesenboden trat, fühlte er sich müde und erschöpft. Einen Moment überlegte er, sich noch einmal hinzulegen, aber er wusste, dass er sowieso nicht schlafen konnte. Außerdem war er hungrig.

Er trocknete sich ab, zog sich an, verließ das Zimmer und bezahlte an der Rezeption für eine weitere Nacht. Dann ging er zum Wagen, öffnete die Tür, setzte sich hinters Steuer und startete den Motor. Bevor er losfuhr, saß er eine Zeit lang einfach so da. Im Rückspiegel konnte er das große Neonschild mit den zwei Palmen sehen, die sich im Wind neigten. Er musste daran denken, dass er als Kind davon geträumt hatte, irgendwann einmal den Pazifik zu besuchen. Und so naiv es klang – das war einer der Gründe, warum er sich später bei der Army gemeldet hatte. Denn vom südöstlichen Zipfel Montanas, in dem er aufgewachsen war, schien die Küste unerreichbar zu sein.

Richard bog auf die Interstate Avenue Richtung

Norden und hielt nach einem Diner Ausschau. Die Straße wurde hauptsächlich von Wohnhäusern, Motels und kleinen Fabriken gesäumt. Nach etwa einer halben Meile bog er auf die Alberta Street, wo er schließlich einen Diner fand. Der Laden war kaum größer als ein Eisenbahnwaggon. Auf der rechten Seite befand sich ein langer Tresen, auf der anderen Seite gab es eine Reihe mit Kunstleder bezogener Sitznischen. Der Fußboden war dunkel gekachelt, und an der Decke drehte sich ein großer Ventilator. Es roch nach Kaffee, Waffeln und gebratenem Speck. Richard setzte sich auf einen Platz am Fenster und blickte in die Karte. Kurz darauf stand auch schon die Bedienung neben ihm.

»Was kann ich Ihnen bringen?«, fragte sie und goss ihm Kaffee ein.

»Toast und Rühreier.«

Sie lächelte.

»Kommt sofort.«

Während sie zum Tresen ging, sah Richard zu der großen Uhr über dem Eingang. Es war kurz vor neun. Sobald er wieder im Motel war, musste er sich umziehen und auf den Weg zum Flughafen machen. Plötzlich fiel ihm sein Truck ein. Er hatte sich noch keine Gedanken darüber gemacht, wo er ihn parken würde. Ihn direkt beim Airport abzustellen, war sicher keine gute Idee. Er wusste nicht, wie lange es dauern würde, bis er ihn abholen konnte. Und im schlimmsten Fall würde sein Wagen dort Aufmerksamkeit erregen. Der Dodge war das Einzige von Wert, das er besaß. Er wollte sein altes Leben hinter sich lassen, doch er spürte jetzt, dass er an dem Wagen hing.

Die Kellnerin brachte sein Essen.

»Lassen Sie es sich schmecken«, sagte sie und stellte den Teller vor ihn hin. »Und falls Sie noch etwas brauchen, melden Sie sich.«

Die Portion war riesig, und obwohl er auf dem Weg zum Diner sehr hungrig gewesen war, würde er bestimmt nicht alles schaffen. Die Sache mit dem Wagen bereitete ihm Kopfzerbrechen. Er fühlte sich völlig unvorbereitet und fragte sich, ob es noch andere Dinge gab, die ihm entgangen waren. In Gedanken ging er den gesamten Ablauf noch einmal durch, was ihn etwas beruhigte. Natürlich konnte einiges schiefgehen, aber im Großen und Ganzen glaubte er an seinen Plan.

Außer ihm gab es zwei weitere Gäste. Sie waren sicher schon Ende sechzig, saßen in Arbeitskleidung am Tresen und unterhielten sich mit der Bedienung, die immer wieder laut lachte. Richard fragte sich, ob einer der beiden ihr Vater war. Wenn sein alter Herr damals nicht in die Erntemaschine geraten wäre, würden sie jetzt vielleicht ebenfalls zusammen irgendwo sitzen. Sicherlich wäre auch seine Mutter noch am Leben, die nach dem Tod seines Vaters dem Alkohol verfallen war. Glück und Unglück lagen manchmal nur einen Wimpernschlag auseinander. Aber falls alles gut lief, hatte er das Glück diesmal auf seiner Seite.

Richard blickte wieder auf seinen Teller. Er griff nach der Gabel, nahm das Messer und aß weiter.

Auf dem Rückweg fuhr er eine Zeit lang durch die Gegend, um nach einer geeigneten Stelle für seinen Wagen zu suchen. Er war zu dem Entschluss gelangt, am besten mit dem Taxi zum Flughafen zu fahren. Das Viertel, in dem der Diner lag, wirkte ziemlich heruntergekommen, also fuhr er weiter Richtung Süden. Nach drei oder vier Meilen gelangte er in ein Wohngebiet, das aus kleinen einstöckigen Holzhäusern mit gepflegten Vorgärten bestand. Hier würde sein Wagen sicher nicht auffallen.

Zurück im Motel rasierte er sich den Bart ab. Er hatte sich schon lange nicht mehr glatt rasiert, und als er fertig war und sich im Spiegel anblickte, kam er sich fremd vor. Dann zog er die Skiunterwäsche und den Anzug an und schlüpfte in seine Stiefel. Er hatte lange über die Schuhe nachgedacht. Die Wolverines waren für das Outfit eigentlich zu klobig, doch mit passenden Halbschuhen wäre das Risiko bei der Landung zu hoch. Frisch geputzt und mit neuen Schnürsenkeln fielen sie weniger auf, als er gedacht hatte. Er legte seine Kleider ordentlich zusammen und packte sie mit der Zahnbürste und dem Rasierzeug in den Seesack.

Als er fertig war, legte er den Aktenkoffer auf den Tisch. Er setzte sich auf den Stuhl davor und zündete sich eine Raleigh an. Ursprünglich wollte er eine Waffe benutzen, doch ein Revolver hätte zu viel

Aufmerksamkeit erregt. Und Aufmerksamkeit war das Letzte, was er jetzt gebrauchen konnte. Er war überzeugt, dass sein Vorhaben nur gelingen konnte, wenn die Passagiere nichts davon mitbekommen würden. Außerdem waren bei den meisten gelungenen Flugzeugentführungen Bomben eingesetzt worden.

Richard zog an der Zigarette und blickte aus dem Fenster. Die Wolken waren dicht und dunkel, und es war nur eine Frage der Zeit, bis es zu regnen beginnen würde.

Eine Stunde später parkte er den Wagen unter einem alten Ahorn, nahm seinen Mantel und den Koffer und stieg aus. Auf der Straße war weit und breit niemand zu sehen. Und falls ihn jemand beobachtete, würde er in seiner Kleidung hier sicher nicht auffallen. Kurz stellte er sich vor, wie es wohl wäre, in einem dieser Häuser zu wohnen. Mit zwei Kindern, einem Hund und einer Frau. Doch sosehr er sich auch bemühte, es gelang ihm nicht, sich in ein solches Leben hineinzudenken.

Er zog seinen Mantel über und blickte ein letztes Mal zum Wagen, dann machte er sich auf den Weg.

4

24. November 1971
Northwest Orient Airlines, Flug 305

Während Phil, der Co-Pilot, und Ron, der Bordingenieur, angeregt über die Giants sprachen, blickte George schweigend durchs Cockpitfenster. Sobald sich die beiden begegneten, unterhielten sie sich über Baseball. Und obwohl George sich nicht für die Major League interessierte, störte ihn das normalerweise nicht. Heute aber hatte er Kopfschmerzen. Wenn er in einem anderen Beruf arbeiten würde, wäre er wohl zu Hause geblieben, zumindest war das am Morgen im Hotel sein erster Gedanke gewesen. Aber sicher wäre er auch dann gegangen, denn erstens war er nicht der Typ, der einfach so nicht zur Arbeit erschien, und zweitens verschwanden seine Migräneattacken in der Regel von selbst. Doch heute waren die Schmerzen so stark, dass sie auf sein Sehvermögen schlugen. Er ärgerte sich, dass er keine Schmerztabletten mitgenommen hatte. In Missoula musste er Kate oder Emma fragen, eine von beiden hatte immer etwas dabei.

Sie hatten mit dem Sinkflug begonnen und

wären laut Plan in etwa einer Stunde wieder in der Luft. Das Wetter war um einiges besser als vorhergesagt, doch er wusste, dass sich das im Laufe des Tages ändern würde. George blickte auf den Kompass, kontrollierte Variometer und Höhenmesser und drosselte dann die Drehzahl.

»Kommst du heute Abend mit?«, fragte Phil, der sich gerade eine Zigarette angezündet hatte. »Wir wollen ins *Pink Flamingo* auf ein Feierabendbier gehen. So, wie's aussieht, ist die ganze Crew dabei.«

»Wenn ich bis dahin meine Kopfschmerzen los bin.« Er sah ihn an und lächelte. »Allerdings nur, wenn ihr dann nicht mehr über Baseball redet.«

»Abgemacht«, sagte Ron von hinten. »Ich habe sowieso genug von Phils Fachsimpeleien.«

»Fachsimpeleien«, spottete Phil. »Warte ab. Im nächsten Jahr wird Willie Mays die Giants an die Spitze befördern.«

»Bitte«, sagte George, »ihr bringt mich noch um.«

»Warum sagst du eigentlich nichts?« Er spürte Rons Hand auf seiner Schulter. »Soll ich Kate nach einer Tablette fragen?«

»Mach ich gleich selbst, wenn wir gelandet sind.«

»Du solltest das wirklich mal abklären lassen«, sagte Phil.

»Gut, dass sich um mich gekümmert wird.« George lächelte den Co-Piloten an.

»Ich meine das ernst. Du hast dauernd diese

Kopfschmerzen. Bei dem Schwager meiner Frau fing das genauso an. Und am Ende ist ...«

»... ist er dann an einem tennisballgroßen Hirntumor gestorben«, unterbrach ihn Ron. »Wir kennen diese Geschichte.«

»Ich meine ja nur.«

»Ist schon okay«, sagte George und blickte auf den Höhenmesser. Sie befanden sich auf 1700 Fuß, bei einer Geschwindigkeit von 160 Knoten.

Aus dem Funkgerät drang blechern die Stimme des Anfluglotsen.

»Nordwest 305. Sie befinden sich elf Meilen vom Missoula International Airport entfernt, bitte wechseln Sie auf hundertsiebzehn Komma acht.«

George drehte am Schalter und stellte von der Frequenz des Anfluglotsen auf die des Towers um.

»Hier spricht Nordwest Flug 305. Wir bitten um Landefreigabe.«

Als er die Sendetaste losließ, rauschte es kurz. Dann meldete sich der Tower.

»Nordwest 305, Landeerlaubnis ist erteilt, Sie können mit dem Endanflug beginnen. Wind zwei vier null. Nutzen Sie die Landebahn einundzwanzig.«

»Verstanden«, sagte George, während Phil das Fahrwerk ausfuhr und verriegelte.

Kurz darauf durchbrachen sie die Wolkendecke und konnten den Flughafen vor sich sehen, der auf einer Ebene vor einer Bergkette lag.

George kontrollierte den Kurskreisel, dann die Geschwindigkeit.

»Klappen auf dreißig Grad«, sagte er.

Phil bewegte den Hebel nach vorne, und als die Schnauze sich neigte, beobachtete George, wie die Geschwindigkeit sank. Die Nadel fiel auf hundertfünfzig, dann auf hundertvierzig. Bei hundertdreißig übte er leichten Druck auf das Steuerhorn aus, sodass die Geschwindigkeit konstant blieb.

»Vierzig Grad Klappen«, sagte er.

»Sind gesetzt«, antwortete Phil.

Für einen Moment schien das Flugzeug auf der Stelle zu schweben. George erhöhte den Schub auf neunzig Prozent und beobachtete, wie die Anzeige nach oben kletterte, dann schaltete er die automatische Bremse ein.

Sie überflogen den Clark Fork River und den Highway, der die Stadt in zwei Teile schnitt.

Sie waren jetzt bei knapp 800 Fuß, und die Fahrzeuge, die sich über die Straßen bewegten, waren deutlich zu erkennen.

»Ron«, sagte George, »würdest du die Landecheckliste vorlesen?«

»Ja«, sagte er, griff neben sich und zog sie aus der Ablage.

»Fahrwerk?«

»Ist ausgefahren«, sagte George.

»Landeklappen?«

»Bei vierzig Grad.«

»Luftbremsen?«

George blickte auf die Anzeigeleuchte.

»Sind armiert.«

»Kabine?«

»Ist klar«, sagte Phil.

Die Landebahn lag direkt vor ihnen, aber die Befeuerungsleuchten, die ihre Ränder markierten, waren im trüben Licht nur schwach zu sehen. In ein paar Wochen, vielleicht auch Tagen, würde der erste Schnee fallen. Die Sommermonate waren auch dieses Jahr wieder viel zu schnell vergangen.

George sah auf den Höhenmesser und beobachtete, wie der Zeiger nach unten kletterte. Dann blickte er wieder zur Landebahn, auf der die weiße Einundzwanzig deutlich zu erkennen war.

Sie überquerten die Flughafengrenze, und bei einer Höhe von achtzig Fuß drückte George den Schubhebel nach vorn, dann zog er die Nase hoch. Kurz darauf spürte er, wie die Reifen auf dem Asphalt aufsetzten und die Bremsen griffen. George kehrte den Schub um und erhöhte die Drehzahl, doch das Flugzeug zog nach links. Er trat sanft auf das rechte Pedal, bis die Maschine wieder auf der Landebahnmitte war.

»Willkommen im wunderschönen Missoula«, sagte Phil, während das Flugzeug immer langsamer wurde.

5

24. November 1971
Portland

»Wo soll's hingehen?«, fragte der Taxifahrer, als Richard sich auf die Rückbank setzte.

»Zum Flughafen.«

Der Fahrer nickte, sah über die Schulter, setzte den Blinker und fädelte sich in den Verkehr ein. Richard suchte nach Orten, die ihm bekannt vorkamen. Obwohl es erst ein paar Jahre her war, dass er das letzte Mal hier gewesen war, wirkte die Stadt vollkommen fremd. Er hatte sich damals hauptsächlich in Bars herumgetrieben, und das Einzige, woran er sich erinnern konnte, war das Motel, in dem er gewohnt hatte. Es hatte in der Nähe des Willamette River gestanden und war abgewohnt und schäbig eingerichtet gewesen. Doch die alte Frau, der es gehört hatte, war stets freundlich zu ihm gewesen.

Am Anfang kamen sie durch ein Wohngebiet, aber als sie auf den Martin Luther King Boulevard einbogen, wurde die Gegend lebendiger. Auf beiden Straßenseiten reihten sich Geschäfte, Schnellrestaurants und Bars aneinander. Kurz darauf wechselten sie auf die Lombard Street Richtung Osten, und schlagartig war die Gegend wieder völlig ausgestorben. Eine Zeit lang rumpelte ein Güterzug neben ihnen her, die Bebauung nahm ab, und als sie nach ein paar Minuten auf die Flughafenstraße bogen, brach die Sonne durch die Wolkendecke. Die kleinen Hangars und das große Terminal wirkten im Zwielicht wie eine versunkene Stadt. Eine Maschine, die gerade von der Landebahn abhob, glitzerte silbern, weitere Flugzeuge parkten verstreut auf dem Rollfeld, und zwischen ihnen bewegten sich gut zwei Dutzend Fahrzeuge. Richard hatte vor Jahren für ein paar Monate auf einem Flughafen gearbeitet, und als er jetzt all die Bewegungen auf den riesigen Asphaltflächen des Airports beobachtete, konnte er Kerosin und verbrannten Gummi förmlich schmecken.

»Ich finde es völlig verrückt, dass diese Dinger tatsächlich fliegen«, riss ihn der Fahrer aus seinen Gedanken. »Tun Sie das oft?«

»Was?«, fragte Richard.

»Mit dem Flugzeug reisen.«

»Hin und wieder.«

»Mich würden keine zehn Pferde in so ein Teil kriegen«, sagte er und sah ihn über den Rückspiegel an. Er begann zu lächeln.

»Gott hätte uns Flügel gegeben, wenn er gewollt hätte, dass wir da oben rumschwirren.«

Kurz darauf hielten sie vor dem Terminal am Ende einer Taxischlange. Richard bezahlte, nahm seinen Koffer und stieg aus. Im Wagen hatte er sich noch einigermaßen ruhig gefühlt, aber als er durch die Drehtür ging und die große Abflughalle betrat, spürte er, wie sein Herz gegen sein Brustbein hämmerte. Augenblicklich wurde ihm übel, und er hatte das Gefühl, der Fußboden würde jeden Moment seitlich wegkippen. Er blieb mitten im Raum stehen, atmete tief ein und sah sich um. Obwohl er befürchtete, dass alle spüren mussten, dass irgendetwas mit ihm nicht stimmte, schien sich niemand für ihn zu interessieren. Die Menschen um ihn herum trugen völlig unbeeindruckt ihre Koffer durch die Gegend, schoben Gepäckwagen vor sich her, standen vor Münztelefonen und an den Schaltern der Airlines.

Richard stellte seinen Koffer ab, zog seine Zigarettenschachtel aus der Jackentasche und zündete sich eine an. Dann sah er sich nach einem Platz um, von wo aus er die Ticketschalter und die Anzeigetafeln gut beobachten konnte. Er fand eine freie Sitzbank und nahm Platz. Es dauerte einen Moment, bis er den Flug nach Seattle auf der Anzeigetafel fand, aber so, wie es aussah, hatte er keine Verspätung. Als Nächstes blickte er zum Verkaufstresen der Airline, an dem eine Mitarbeiterin in einer roten Uniform mit einer Frau und einem Jungen sprach. Richard hatte sich bewusst noch kein Ticket gekauft. Er war sich sicher, dass die Maschine nicht ausgelastet sein würde, doch als er zu dem Schalter blickte, merkte er, dass der Umstand, womöglich doch keinen Platz zu bekommen, ihn nervös machte. Vielleicht wäre es besser gewesen, das Ticket schon vorher zu kaufen. Aber er hatte das Risiko so gering wie möglich halten wollen, und er konnte nicht ausschließen, dass sie die Namen auf der Passagierliste kontrollieren würden.

Die Frau und der Junge verließen den Schalter. Richard nahm einen letzten Zug, drückte seine Zigarette in dem Aschenbecher auf dem kleinen Tisch vor ihm aus und stand auf. Er strich sein Jackett glatt, nahm den Koffer und ging zum Schalter.

»Guten Tag, Mister, was kann ich für Sie tun?«, sagte die Mitarbeiterin, als er vor ihr stand. Sie war Mitte zwanzig, hatte dunkle Haare und eine angenehme Stimme.

»Ich hätte gern ein Ticket für den Flug 305 nach Seattle.«

»Erste Klasse oder Economy?«

»Economy«, sagte Richard. »Und wenn es geht, im Heck der Maschine.«

»Einen Augenblick, bitte. Ich schaue mal nach, was noch frei ist«, sagte sie und beugte sich über eine Liste, die vor ihr auf dem Tisch lag. »Sie haben Glück, die Maschine ist nicht mal zur Hälfte besetzt. Die letzte Reihe ist noch komplett frei. Wollen Sie am Fenster sitzen?«

»Sehr gern«, sagte Richard.

»Haben Sie Gepäck?«, fragte sie und sah ihn an.

»Nur diesen Koffer.«

»Das macht«, sie hielt kurz inne und blickte in eine andere Liste, »das macht genau zwanzig Dollar. Zahlen sie bar oder mit Scheck?«

»Bar«, sagte er und griff in die Innentasche seines Jacketts. Er nahm zwei Zehndollarscheine heraus und legte sie vor sich auf den Tresen.

»Danke, jetzt brauche ich nur noch Ihren Namen.«

»Cooper. Dan Cooper.«

Sie nahm ein Blankoticket und trug Namen und Sitzplatz ein.

»Der Flug hat leider ein wenig Verspätung«, sagte sie. »Sie haben also noch etwas Zeit.«

Sie hielt ihm das Ticket hin.

»Ich wünsche Ihnen eine gute Reise.«

»Danke.«

Als er im Wartebereich saß und durch die riesigen Fenster auf das Rollfeld blickte, fiel ihm auf, wie verschwitzt er war. Und während so etwas wie Entspannung einsetzte, spürte er plötzlich einen starken Stuhldrang. Also stand er auf und suchte nach einer Toilette. Er kam an einem Dunkin' Donuts, einem Dairy Queen und einem Zeitungskiosk vorbei, bis er die Toilette fand. Sie war groß und sauber und grell erleuchtet. Er betrat eine Kabine, schloss die Metalltür ab, stellte seinen Koffer auf den Boden, schob seine Hose herunter und setzte sich. Es roch nach Chlor, und er hörte, wie neben ihm abgezogen wurde. Der Stuhldrang war zwar immer noch da, aber er konnte sich nicht entleeren. Eine Toilettentür wurde geöffnet und wieder geschlossen, er hörte Schritte, Wasser rauschen, Papier rascheln und dann das Schließen der Haupttür. Er schien alleine zu sein, doch er konnte sich nicht erleichtern. Einen Augenblick lang blieb er noch sitzen, dann stand er auf und verließ die Abgeschiedenheit der Kabine. Er trat ans Waschbecken und ließ sich heißes Wasser über die Hände laufen. Das Licht über dem Spiegel war kalt und ließ sein Gesicht grau und fahl erscheinen. Ohne Bart sah er älter aus, und er war sich sicher, dass ihn niemand, dem er in den letzten Jahren begegnet war, erkennen würde.

6

24. November 1971
Northwest Orient Airlines, Flughafen Portland

Kate stand an der Passagiertreppe der Boeing und blickte über das Flughafengelände zum Terminal, der durch ein Loch in der Wolkendecke von der Sonne beschienen wurde. In einiger Entfernung konnte sie den Shuttlebus sehen, der die letzten Passagiere zur Maschine brachte. Es war kurz nach vier, und der Feierabend rückte in greifbare Nähe. Kate konnte es kaum erwarten, ihre Uniform abzustreifen. In ihrem Hotel in Seattle gab es eine Badewanne. Sie dachte an das warme Wasser, freute sich darauf, endlich allein zu sein. Der Rest der Crew war zu einem gemeinsamen Abendessen verabredet, aber Kate hatte schon angedeutet, dass sie nicht mitkommen würde. Sie wollte ihre Eltern anrufen, sich etwas aufs Zimmer kommen lassen und noch ein wenig durch die Straßen schlendern. Seit sie die Route flog, war sie hin und wieder in einen kleinen Musikklub gegangen, in dem jeden Abend Livebands auftraten. Doch heute wollte sie sich einfach nur die Beine vertreten, vielleicht etwas fernsehen und früh zu Bett gehen.

Während der Bus sich langsam und schaukelnd dem Flugzeug näherte, wehte der Wind die ersten Regentropfen zu ihr herüber. Kate hoffte, dass alle Passagiere an Bord waren, wenn der Regen richtig losgehen würde. Sie rückte ihren Hut zurecht. Auf dem Rollfeld setzte eine DC-8 zur Landung an.

Emma kam zur Passagiertreppe.

»Ziemlich mieses Wetter«, sagte sie und hielt ihre Uniformjacke zusammen.

»Ja, aber besser, als George es prophezeit hat. Hast du nach ihm gesehen?«

»Das kann ja noch kommen«, sagte Emma. »Und ja, die Tablette hat geholfen.«

Als der Bus anhielt, gesellte sich Liz zu ihnen. Sie war mit ihren einundvierzig Jahren die Älteste von ihnen. Kate mochte sie, doch da sie in der ersten Klasse arbeitete, sahen sie sich während der Flüge nur selten.

»Alles okay bei euch?«, fragte sie.

Emma und Kate nickten.

Liz verschränkte die Arme vor der Brust.

»Scheiße, ist das kalt hier«, sagte sie und blickte zu Kate. »Willst du später wirklich nicht mitkommen?«

»Nein, ich brauche heute Abend etwas Zeit für mich.«

»Schade. Ich hätte dich gerne dabeigehabt, aber ich kann es dir nicht übel nehmen. War wirklich viel in der letzten Zeit.«

»Das nächste Mal bin ich wieder dabei.«

Liz nickte und blickte zu den Passagieren hinunter, die sich der Treppe näherten.

»Ich geh mal wieder rein, mir ist es zu kalt hier draußen«, sagte sie.

Der erste Passagier war groß und schlank. Er hatte einen Schnurrbart, trug Bluejeans, Stiefel und ein Westernhemd.

»Hallo, Ladys«, sagte er und gab Kate seine Bordkarte.

»Hallo, Mister. Sie haben Platz 14 C.« Sie deutete in den mittleren Teil des Passagierraums.

»Mist, schon wieder nicht in der ersten Klasse.«

»Leider nicht«, sagte Emma und lächelte zurück. »Aber wir werden alles tun, um Ihnen Ihre Reise zu versüßen.«

Als Nächstes betrat eine Mutter mit ihrem Kind das Flugzeug. Der Junge war acht oder neun und hielt Emma stolz beide Bordkarten hin.

»Danke schön.« Sie sah auf die Nummer. »Glückwunsch – sie haben die Plätze 12 A und 12 B.«

»Ist das am Fenster?«, fragte der Junge.

»Selbstverständlich«, sagte Emma, »von diesen Plätzen hat man einen hervorragenden Ausblick.«

Die Mutter lächelte die beiden freundlich an.

»Danke schön.«

»Gern«, sagte Kate. »Ich wünsche Ihnen einen guten Flug.«

Der Mutter und dem Jungen folgten zwei Geschäftsreisende in Anzügen, die in der ersten Klasse saßen. Dann stieg ein Soldat in Uniform ein, gefolgt von einem jungen Paar.

»Ich habe gehört, Sie fliegen nach Seattle«, sagte der Mann.

»Sieht ganz so aus«, sagte Emma. »Und wenn Sie mir Ihre Bordkarte zeigen, dürfen Sie sogar mit.«

»Das trifft sich gut«, sagte die Frau. Sie war mindestens zehn Jahre jünger als der Mann und trug ihre blonden Haare offen. »Wir wollen da nämlich unsere Flitterwochen verbringen.«

»Ganz frisch verheiratet?«

Die Frau nickte und gab ihrem Mann einen Kuss.

»Sie haben die Plätze 16 A und 16 B.«

Dann stand der letzte Passagier vor ihnen. Obwohl es bewölkt war, trug er eine Sonnenbrille, die er erst abnahm, als er Emma die Bordkarte reichte. Kate schätzte ihn auf Ende dreißig, er hatte braune Augen, dunkle Haare und ein offenes Gesicht. Sein Anzug sah elegant aus, und er hielt einen schwarzen Lederkoffer in der Hand.

»Willkommen an Bord«, sagte Emma und gab ihm die Karte zurück. »Sie sitzen auf Platz 18 C im Heck der Maschine«, sagte sie und deutete auf die letzte Reihe.

»Danke«, sagte er, nahm die Karte und ging an den beiden vorbei zu seinem Platz.

»Hübscher Kerl, was?«, sagte Emma. Sie musste bemerkt haben, dass Kate ihm nachgesehen hatte.

»Sei bloß still«, sagte sie und gab ihr einen leichten Klaps auf den Oberschenkel.

»Nein, im Ernst. Ich finde, der wäre was für dich. In jedem Fall besser als diese bärtigen Typen, denen du sonst nachsiehst.«

»Sind wir komplett?«, fragte Kate, während Emma mit einem Stift die Passagierliste abhakte.

»Ja. Mit den Gästen, die schon in der Maschine saßen, müssten wir jetzt siebenunddreißig sein.«

»Zählst du durch?«

Emma nickte, und während sie ihre Runde drehte, sah Kate zur Landebahn hinüber. Die Wolkendecke hatte sich wieder geschlossen, der Regen war stärker geworden, und auch der Wind hatte zugenommen.

»Es sind alle an Bord«, sagte Emma, als sie wieder neben ihr stand.

Kate blickte zum Fahrer der Passagiertreppe hinunter, der rauchend an der offenen Tür des Wagens lehnte, und gab ihm ein Zeichen. Er nickte, warf die Zigarette auf den Boden, trat sie aus und setzte sich in seinen Wagen. Kate schloss die Tür, verriegelte sie und ging zum Bordtelefon hinüber. Sie nahm den Hörer ab und drückte die Taste zum Cockpit.

»Wir sind komplett«, sagte sie, als George sich meldete. Sie drückte den Knopf für die Anzeigen der Sicherheitsgurte und ging nach hinten, um die Passagiere zu begrüßen, während Emma dem Ehepaar half, das Bordgepäck zu verstauen.

* * *

Möchten Sie einen Kaffee?
Nein danke. Ein Wasser reicht. Stört es Sie, wenn ich rauche?

Überhaupt nicht. Ich würde jetzt das Aufnahmegerät einschalten.
Mit diesem kleinen Ding wollen Sie unser Gespräch aufzeichnen? Verdammt, ich komme langsam wirklich nicht mehr mit. Meine Nichte hat mir vor Kurzem erzählt, dass man mittlerweile sogar mit Telefonen fotografieren kann. Glauben Sie mir, wir hätten solche Sachen damals gut gebrauchen können.

Vielleicht beginnen wir genau damit. Erzählen Sie mir etwas über die Zeit.
Verrückt. Viel mehr kann ich dazu nicht sagen. Die Nachrichten waren voll von Gelegenheitsmorden und abhandengekommenen Kindern. In Städten wie New York oder San Francisco gab es Menschen, die in Garagen oder alten, verlassenen Fabriken hausten. Die haben da einfach ihre Matratzen hingelegt und ansonsten alles so gelassen, wie es war.

Klingt, als hätten Sie von der Jugend damals nicht so viel gehalten.
Schlimmer noch. Ob Sie's glauben oder nicht. Ich hab von diesem ganzen Wahnsinn kaum etwas mitbekommen. Natürlich sind auch bei uns in der Gegend hin und wieder ganze Familien verschwunden, aber erst, als ich zum FBI kam, hab ich die Tragweite der Ereignisse wirklich begriffen. Denn die Arbeit beim FBI besteht vor allem daraus, dort zu wühlen, wo man normalerweise nicht wühlen möchte.

Aber es gab auch viele gute Dinge. Die Menschen sind gegen den Krieg auf die Straße gegangen.
Ich war vom ersten bis zum letzten Tag für diesen Krieg. Zumindest damals. Ich war nicht in Vietnam. Und ich glaube heute, dass das wahrscheinlich meine Rettung war. Viele der Jungs, mit denen ich zur Highschool gegangen bin, sind dort drüben völlig durchgedreht. Einige sind als Junkies zurückgekehrt, manche als Krüppel und ein paar von ihnen wurden in Zinksärgen in ihre Heimat zurücktransportiert. Ich habe jede einzelne dieser Beerdigungen besucht, und ich habe mich jedes Mal schlecht gefühlt. Ich sah die Väter dieser Jungen, die Mütter, ihre Geschwister. Man hatte ihnen das Wertvollste genommen, und trotzdem stand ich dort und war voll und ganz von diesem Krieg überzeugt.

Glauben Sie, dass diese ganzen Sachen mit dem Fall zu tun haben?
Ja, zumindest denke ich das heute. Spätestens seit dem 11. September würde kein Mensch mehr auf die Idee kommen, einfach so ein Flugzeug zu entführen. Aber damals wurde so gut wie jeden Monat irgendwo in den USA eine Maschine gekapert. Allein in Nixons Amtszeit hat es über einhundert Flugzeugentführungen gegeben. Die meisten von den Typen gehörten irgendwelchen politischen Gruppen an. Aber ein paar dieser Leute waren schlicht und einfach durchgeknallt. Und wie gesagt, die Entführungen waren ja nicht das einzige Problem. Wenn man heute zurückblickt, könnte man denken, dass damals was im Trinkwasser gewesen ist.

Meinen Sie, dass wir heute etwas daraus lernen können?
Wenn man drinsteckt, sieht man nicht, was draußen alles los ist. Das ist vielleicht der Hauptgrund, warum ich überhaupt mit Ihnen spreche. Man darf nämlich nicht immer glauben, was die Menschen so erzählen. Ich bin Demokrat. Schon immer. Genauso wie mein Vater und dessen Vater. Ich hab Hubert Humphrey gewählt, aber ich glaube nicht, dass die Dinge anders gelaufen wären, wenn er gewonnen hätte. Wenn die Bewohner eines Landes keine Hoffnung mehr haben, kann selbst Jesus Christus persönlich nicht mehr helfen.

Ich will ehrlich sein. Ich war ziemlich verbissen, und ich hätte diesen Fall wahnsinnig gerne gelöst. Dass meine Ehe nicht gescheitert ist, habe ich einzig und allein meiner Frau zu verdanken. Ich glaube, dass sie zu den Ersten gehörte, die wirklich begriffen haben, dass wir diesen Typen niemals kriegen werden, aber sie war schlau genug, mir das nicht unter die Nase zu reiben. Und das rechne ich ihr hoch an.

7

24. November 1971
Northwest Orient Airlines, Flughafen Portland

Richard steckte das Ticket in die Innentasche seines Jacketts, blickte durch die geöffnete Cockpittür und ging durch die erste Klasse zu seinem Platz. Er hatte sich bewusst für dieses Datum entschieden, denn er war sich sicher gewesen, dass die Maschine einen Tag vor Thanksgiving nicht ausgelastet sein würde. Und als er all die leeren Sitzreihen sah, spürte er, wie sich ein Hochgefühl in ihm ausbreitete. Die Ängste, die ihn seit Wochen immer wieder übermannt hatten, kamen ihm plötzlich vollkommen übertrieben vor. Die wenigen im Flugzeug verstreuten Passagiere waren in Unterhaltungen vertieft, lasen Zeitung oder blickten aus dem Fenster. Mindestens zwei von ihnen schienen zu schlafen. Seine größte Sorge war gewesen, dass seine direkten Sitznachbarn etwas von der Sache mitbekommen würden, doch er hatte eine komplette Reihe für sich. Sogar die Plätze vor ihm waren frei.

Richard legte den Koffer auf den Sitz neben seinem Platz, öffnete das Gepäckfach über sich, zog sein Jackett aus und verstaute es darin. Dann richtete er seine Krawatte und setzte sich. Das Flugzeug wurde gestartet, für den Bruchteil einer Sekunde erlosch das Licht, kurz darauf hörte er, wie das Gebläse der Klimaanlage anging. Richard sah aus dem Fenster. Der Fahrer der Passagiertreppe kurbelte gerade die Stützen hoch. Der Regen hatte zugenommen, und Richard konnte die Maschinen, die etwas entfernt auf dem Rollfeld standen, nur verschwommen erkennen. Es waren hauptsächlich große Passagierflugzeuge, aber vor einem Hangar sah er die schwachen Umrisse kleiner Propellermaschinen. Er musste an das Treiben auf dem Luftwaffenstützpunkt in Wyoming denken, wo er seine Grundausbildung absolviert hatte. Bevor er zur Army gekommen war, hatte er nicht im Traum daran gedacht, irgendwann einmal in einem Flugzeug zu sitzen, und als er in seiner ersten Nacht im Schlafsaal lag und in die Dunkelheit blickte, konnte er es kaum erwarten, das Land endlich von oben zu sehen. Er hatte die Enge in der Truppe vom ersten Tag an gehasst, doch die Freiheit beim Sprung aus der Maschine war mit nichts, was er jemals gefühlt hatte, zu vergleichen.

»Sehr geehrte Damen und Herren«, erklang eine Stimme blechern aus den Boxen. »Mein Name ist George Adams. Ich bin heute Ihr Captain und begrüße Sie herzlich auf dem Northwest-Orient-Flug nach Seattle. Das Wetter ist ein wenig durchwachsen, weshalb es hin und wieder etwas wacklig werden kann, aber ich versichere Ihnen, dass meine Crew und ich Sie gesund und munter ans Ziel bringen werden.«

Es entstand eine kurze Pause, in der ein leichtes Knistern zu hören war.

»Bis dahin sorgen unsere Flugbegleiterinnen für Ihr leibliches Wohl. Sprechen Sie sie an, wenn Sie etwas auf dem Herzen haben. Ich melde mich wieder, bevor wir landen.«

Es knackte, dann kehrte Stille ein. Richard hörte, wie die Motoren lauter wurden, und spürte, wie die Boeing sich in Bewegung setzte. Die dunkelhaarige Stewardess zog den Vorhang zur ersten Klasse zu, ließ den Blick über die Sitzreihen gleiten und ging Richtung Heck. Richard schloss den Gurt, griff in seine Hosentasche und tastete nach dem Zettel. Beim Einsteigen hatte er entschieden, sich an diese Stewardess zu wenden. Er hatte sich vorgenommen, sich voll und ganz auf sein Gefühl zu verlassen.

»Entschuldigen Sie bitte«, sagte er, als sie an seinem Sitz vorbeikam.

»Ja«, sagte sie und sah ihn an.

»Wäre es möglich, jetzt schon ein Getränk zu bekommen?«

»Eigentlich nicht«, sie lächelte. »Wir sind angehalten, erst in der Luft zu bedienen, aber für Sie drücke ich ein Auge zu. Was möchten Sie?«

»Einen Bourbon.«

»Ich bin gleich wieder da.«

Sie verschwand im Heck der Maschine. Richard hörte, wie sie eine Tür öffnete und wieder schloss, dann das Klirren von Glas. Schon stand sie mit dem Whiskey vor ihm.

Richard blickte auf ihr Namensschild.

»Danke, Kate. Was bekommen Sie?«

»Zwei Dollar. Aber wir rechnen später ab. Kann ich sonst noch etwas für Sie tun?«

Er schüttelte den Kopf.

»Könnten Sie Ihren Koffer beim Start zwischen Ihre Füße stellen?«

»Ja.«

»Danke sehr. Ich wünsche Ihnen einen guten Flug.«

Die Maschine vollzog eine Wendung, und das Bild vor dem Fenster veränderte sich. Kurz erhaschte er einen Blick auf die Startbahn, von der eine Maschine abhob, dann verschwand sie wieder, und er sah einen Tanklaster, der mit eingeschalteten Scheinwerfern in Richtung der Hangars rollte. Erst jetzt fiel ihm auf, dass es zu dämmern begonnen hatte. Sie würden also wie geplant bei Dunkelheit in Seattle landen. Die Passagiere würden aussteigen, das Flugzeug würde aufgetankt werden, und dann würden sie wieder starten.

Richard schloss die Augen und versuchte, an den folgenden Tag zu denken, doch es gelang ihm nicht. Stattdessen drängte sich ein Traum auf, der seit Jahren wiederkehrte. In der Nähe der Farm seiner Eltern führte eine Bahnstrecke entlang, auf der

Güterzüge verkehrten, mit denen Hobos Richtung Osten und Westen reisten. Und in diesem Traum sah er sich zwischen Tabak kauenden Männern sitzen, von denen einer sein Vater war.

Richard spürte, wie die Boeing mit einem Ruck zum Stehen kam. Die Eiswürfel in seinem Glas stießen aneinander. Die Motoren heulten auf, und die Maschine setzte sich laut und rumpelnd in Bewegung. Während das Flugzeug über die Startbahn holperte, wirkte es plump und träge, doch als die Boeing abgehoben hatte, glitt sie leicht und schaukelnd in die Höhe.

Richard öffnete die Augen und sah, wie die Dinge am Boden allmählich kleiner wurden. Straßen, auf denen sich rote und weiße Lichter bewegten, der Columbia River, dessen Wasser in der Dämmerung wie Quecksilber wirkte. Er suchte nach der Interstate Bridge, die von Portland hinüber nach Vancouver führte, doch ehe er sie gefunden hatte, wurde das Flugzeug von Wolken verschluckt.

8

24. November 1971
Northwest Orient Airlines, Flug 305

Kate saß auf einem der beiden Notsitze im Heck der Maschine und blickte den Gang hinunter. Der Flug von Portland nach Seattle dauerte nur eine gute halbe Stunde. Wenn die Boeing voll besetzt war, reichte die Zeit kaum aus, die Passagiere mit Getränken zu versorgen. Doch heute konnten Kate und Emma sich entspannen. Die neu Zugestiegenen waren schnell versorgt, und die Gäste, die vor der Landung in Portland schon in der Maschine gesessen hatten, würden sicher nicht mehr viel bestellen.

Hier hinten war es besonders laut. Das Flugzeug war noch im Steigflug, und sie spürte wieder den unangenehmen Druck auf ihren Trommelfellen. Als Jugendliche war sie hin und wieder bei Schönheitswettbewerben angetreten, und zwei Mal hatte sie gewonnen. Sie war Miss Pink Tomato und Miss Swimmingpool gewesen, und später, auf der Highschool, war sie sogar von einem Modelscout angesprochen worden. Es hatte ihr geschmeichelt, aber eine Karriere als Mannequin wäre niemals für sie infrage gekommen. In der letzten Zeit hatte sie sich gefragt, wie sich die Dinge wohl entwickelt hätten, wenn sie das Angebot angenommen hätte. Sie wäre genauso viel herumgekommen, doch die Arbeit wäre bestimmt angenehmer gewesen.

Kate steckte in ihren Gedanken fest, als sie ihren Namen hörte. Es war der Mann, dem sie vor dem Start einen Bourbon serviert hatte.

Sie öffnete ihren Gurt, stand auf und ging zu ihm hin.

»Was kann ich für Sie tun?«, fragte sie, als sie neben ihm stand.

Statt einer Antwort hielt er ihr einen zusammengefalteten Zettel hin.

»Danke«, sagte sie, nahm das Papier entgegen und lächelte ihn an.

Auf dem Weg zu ihrem Platz steckte sie den Zettel in ihre Jackentasche. Emma hatte recht gehabt. Beim Einsteigen hatte sie tatsächlich ein Auge auf ihn geworfen, doch mit dieser Geste hatte er sich disqualifiziert.

»Sieht ganz so aus, als hätte der Herr Interesse an Ihnen«, sagte Emma neckisch.

»Hör schon auf.«

»Ich weiß gar nicht, was du hast. Was spricht dagegen, sich später ein wenig zu amüsieren. Der Typ riecht nach Geld. Du könntest dich zumindest zum Essen einladen lassen.«

»Das ist einfach nicht mein Stil. Das weißt du.«

Kate war lauter geworden, als sie beabsichtigt hatte.

»Ist ja schon gut.«

»Tut mir leid. Ich bin einfach etwas geschafft.«

»Schon okay«, sagte Emma und blickte wieder in Richtung des Mannes. »Dein Verehrer scheint allerdings ziemlich hartnäckig zu sein.«

Kate sah zu ihm hin. Er trug wieder die dunkle Sonnenbrille und gab ihr mit einer Geste zu verstehen, dass sie den Zettel lesen sollte. Die Szene war völlig absurd. Doch wenn sie ihre Ruhe haben wollte, musste sie die Nachricht zumindest einmal anschauen.

Sie rang sich ein Lächeln ab, griff in ihre Jackentasche, zog das Papier heraus und faltete es demonstrativ auseinander. Dann sah sie es sich an. Das Erste, was ihr auffiel, war die Schrift – dunkle Tinte und ordentlicher geschrieben, als sie gedacht hatte.

Kate hatte mit einer Telefonnummer gerechnet, einem kitschigen Gedicht, doch nachdem sie die Zeilen gelesen hatte, wurde ihr übel. Sie faltete das Papier zusammen und sah zu dem Mann, der auf seinen Koffer deutete.

»Was ist los?«, fragte Emma. »Was hat er geschrieben?«

Kate wusste nicht, was sie ihr antworten sollte. Obwohl sie die Sätze zweimal gelesen hatte, erinnerte sie sich nur an zwei Wörter:

Entführung und Bombe.

Sie spürte, dass der Mann sie immer noch beobachtete. Trotzdem faltete sie den Zettel auseinander und las die Zeilen erneut.

In meinem Koffer befindet sich eine Bombe. Falls nötig, werde ich von ihr Gebrauch machen.

Ich möchte, dass Sie sich neben mich setzen.

Das ist eine Entführung.

Noch bevor sie wirklich verstand, was vor sich ging, sah sie die Bilder einer Boeing vor sich, die in der Luft in Stücke gerissen wurde. Sie dachte an ihre Eltern, ihr leeres Hotelzimmer und an ein mit Wrackteilen übersätes Feld, irgendwo in Washington State.

»Kate, bitte ... was ist los?«

Anstatt ihr zu antworten, stand sie auf. Sie versuchte sich zu erinnern, wie sie in einer solchen Situation reagieren sollte. Sie hatten diese Dinge immer wieder durchgekaut, doch ihr Kopf war noch mit der Bombe beschäftigt.

Als sie neben der hinteren Sitzreihe stand, rutschte der Mann vom mittleren Platz ans Fenster.

»Setzen Sie sich.«

Kate nahm auf dem äußeren der drei Sitze Platz.

»Haben Sie ihr davon erzählt?«, fragte er.

Mit einer Kopfbewegung deutete er zum Heck hinüber.

»Nein.«

»Das ist gut.«

Ihr Blick fiel auf den Koffer, der zwischen seinen Füßen stand.

»Machen Sie sich keine Sorgen. Wenn Sie meine

Anweisungen befolgen, wird niemandem etwas passieren.«

Er griff in die Brusttasche seines Hemdes und nahm eine Schachtel Raleighs heraus.

»Möchten Sie eine?«

»Nein danke.«

Er nickte leicht, schüttelte eine Zigarette heraus und zündete sie an.

Rauchend blickte er aus dem Fenster.

»Sieht aus, als wenn sich da draußen etwas zusammenbrauen würde«, sagte er.

»Bitte«, sagte Kate. »Was möchten Sie?«

»Ich will, dass Sie ab jetzt nur noch tun, was ich Ihnen sage.«

Er sah sie an.

»In Ordnung?«

Sie nickte.

»Ich möchte auch heil aus dieser Sache herauskommen. Sie sollten allerdings wissen, dass ich absolut bereit bin, die Bombe zu zünden.«

Als Kate noch einmal zu dem Koffer blickte, fielen ihr seine Schuhe auf. Es waren schwere Arbeitsstiefel, die nicht zu seinem Anzug passten.

»Haben Sie einen Stift?«

»Ja.«

»Ich will, dass Sie etwas aufschreiben.«

Kate zog einen Kugelschreiber aus der Innentasche ihrer Uniformjacke.

»Schreiben Sie auf die Rückseite des Zettels, den ich Ihnen gegeben habe.«

»Okay.«

»Ich fordere zweihunderttausend US-Dollar in gebrauchten Scheinen und vier Fallschirme. Das Geld soll in einem Wäschesack verpackt werden. Außerdem will ich, dass das Flugzeug in Seattle aufgetankt wird. Und es sollen genug Lebensmittel und Getränke für fünf Personen an Bord gebracht werden.«

Er sah sie an.

»Der Captain soll meine Anweisungen an die Bodenkontrolle in Seattle weitergeben. Bis dahin bleiben wir in der Luft. Keiner der Passagiere verlässt die Maschine, bevor ich das Geld gesehen habe.«

Kate musste an die Fallschirme denken. Sie hatte noch nie einen benutzt. War es möglich, dass man sie zwingen würde, aus dem Flugzeug zu springen?

»Wohin fliegen wir?«, sagte sie.

»Das müssen Sie noch nicht wissen.«

»Soll ich den Zettel ins Cockpit bringen?«

»Ja«, sagte er.

Er nahm einen Schluck von seinem Bourbon.

»Keiner der Passagiere darf mitbekommen, was hier vor sich geht.«

Er stellte das Glas auf die ausgeklappte Ablage vor sich, drückte seine Zigarette aus und griff nach dem Koffer, der immer noch zwischen seinen Füßen stand. Er hob ihn hoch, legte ihn auf seinen Schoß und öffnete ihn einen Spalt. Kate konnte zwei rote Zylinder, ein paar Kabel und mehrere Schalter erkennen.

»Sagen Sie dem Captain, er soll die Sache sehr ernst nehmen.«

Als er den Koffer wieder zuklappte, suchte sie nach etwas, das seine Aufregung verriet, doch er wirkte absolut ruhig. Sie hatte sich Entführer unüberlegter vorgestellt, aber dieser Mann schien genau zu wissen, was er tat. Und das beruhigte sie ein wenig.

»Ich geh dann mal«, sagte sie.

Zum ersten Mal, seit sie neben ihm saß, nahm er seine Brille ab.

»Sagen Sie Ihrer Kollegin, dass sie die Nerven behalten soll.«

»Okay.«

Er setzte die Sonnenbrille wieder auf.

»Und wenn Sie mit dem Piloten gesprochen haben, möchte ich, dass Sie sich wieder neben mich setzen.«

Sie nickte.

»Wenn sich alle an die Anweisungen halten, wird keinem etwas passieren.«

Sie blickte auf den Zettel in ihrer Hand.

»Okay«, sagte sie.

Dann stand sie auf und ging nach hinten.

9

24. November 1971
Northwest Orient Airlines, Flug 305

Als sie vor knapp einer Viertelstunde in Portland gestartet waren, hatte es geregnet, doch vom schlechten Wetter war auf ihrer Reiseflughöhe von 20.000 Fuß nichts zu spüren. George hatte die Scheibenwischer ausgeschaltet und blickte auf die Wolkendecke, die im letzten Tageslicht wie ein Ozean unter ihnen lag.

In seinen Gedanken war er schon im Feierabend. Und dank der Tablette waren seine Kopfschmerzen verschwunden. Auf ein Getränk würde er mit den anderen mitgehen, aber er wollte höchstens eine Stunde bleiben, denn sein Flug nach Minneapolis ging am nächsten Tag sehr früh. Er dachte an seinen Sohn, der in Chicago Medizin studierte und den er in den letzten Jahren viel zu selten sah. Er fragte sich, wo all die Jahre geblieben waren. Noch vor Kurzem hatten sie gemeinsam im Garten Football gespielt, doch der schüchterne Junge von damals hatte sich in einen selbstbewussten Mann verwandelt. George wusste, dass er sich gegen den Krieg engagierte und mit anderen Studenten auf die Straße ging. Sie hatten nur einmal über die Sache gesprochen und sich sofort in die Haare bekommen. Aber das war, bevor die Pentagon-Papiere veröffentlicht worden waren. Seitdem sah auch George den Krieg in Vietnam sehr kritisch. Er musste mit Bruce darüber sprechen, aber er hatte keine Ahnung, wie er das anstellen sollte. Wenn sie telefonierten, war Bruce meistens sehr kurz angebunden, und wenn er zu Besuch war, wich er ihm aus. Auch in diesem Jahr war er zu Thanksgiving zu Hause, wahrscheinlich sogar schon angekommen. George sah genau vor sich, wie Diana und Bruce gemeinsam in der Küche saßen.

»Wenn wir die Tour das nächste Mal fliegen, ist es um diese Uhrzeit schon dunkel«, sagte Phil.

Zum ersten Mal seit einer gefühlten Ewigkeit sprach jemand von ihnen.

»Was macht eigentlich deine Kleine«, fragte George an Phil gewandt. »Mag sie die Schule?«

Doch ehe der antworten konnte, klopfte es an der Cockpittür. Ron erhob sich von seinem Sitz, aber noch bevor er die Tür erreicht hatte, klopfte es erneut.

»Ist ja schon gut«, sagte er, »bin doch auf dem Weg.«

Im nächsten Moment stand Kate im Cockpit, und als George sich zu ihr umdrehte, sah er gleich, dass etwas nicht stimmte.

»Wir haben ein Problem«, sagte sie. »Ein großes Problem.«

»Was ist los?«, sagte George.

»In der letzten Reihe sitzt ein Mann mit einer Bombe.«

George spürte, wie sich sein Magen zusammenzog.

»Ist er alleine?«, fragte Ron.

»Ich glaube schon.«

»Und hast du die Bombe gesehen?«, fragte Phil.

»Ja, sie ist in einem Koffer.«

»Meinst du, sie ist echt?«

»Ich weiß nicht … ja, ich glaube schon. Er hat mir diesen Zettel gegeben.« Sie reichte George ein zusammengefaltetes Stück Papier. »Auf der Rückseite habe ich seine Forderungen notiert.«

»Würdest du übernehmen?«, sagte er zu Phil, als er den Zettel entgegennahm.

Als Erstes las er die Nachricht des Entführers, dann die Forderungen auf der Rückseite.

»Das klingt alles ziemlich verrückt.«

»Was will er?«, fragte Phil.

»Zweihunderttausend Dollar und vier Fallschirme. Außerdem will er, dass das Flugzeug aufgetankt wird.«

George sah zu Kate.

»Hat er gesagt, wohin er möchte?«

Sie schüttelte den Kopf.

»Nein, aber er hat gesagt, dass die Passagiere nichts von der Entführung erfahren sollen.«

»Wie wirkt er?«

»Ruhig und irgendwie …«, sie stockte. »Auf jeden Fall nicht verrückt.«

»Hat er eine Waffe?«, fragte Ron.

»Ich weiß nicht. Er hat nichts von einer Waffe gesagt, und ich habe keine bemerkt. Ich soll die Forderungen an euch übermitteln und mich dann wieder zu ihm setzen.«

George sah auf den Zettel, dann zu Kate.

»Schaffst du das?«

Sie blickte an ihm vorbei nach draußen, schließlich nickte sie.

»Ich glaube schon. Ja«, sagte sie.

»Okay. Dann geh wieder nach hinten. Sobald ich etwas von der Bodenkontrolle gehört habe, melde ich mich bei dir.«

Einen Moment blieb Kate reglos stehen, dann drehte sie sich um und öffnete die Tür. Aber anstatt das Cockpit zu verlassen, schloss sie sie wieder.

George merkte, wie ihr die Tränen kamen.

»Werden wir heil aus der Maschine kommen?«

»Natürlich«, sagte er.

Er versuchte ein Lächeln.

Ron stand auf und gab ihr ein Taschentuch.

»Ich kann auch Liz fragen, ob sie sich zu ihm setzt«, sagte George.

»Nein, ist schon in Ordnung«, sagte Kate und tupfte sich mit dem Taschentuch die Tränen weg. »Ich schaff das schon.«

Sie öffnete die Tür.

»Wir melden uns über das Bordtelefon bei Emma, sobald wir was aus Seattle gehört haben. Weiß sie Bescheid?«

»Ja, aber sie ist ziemlich nervös.«

»Dachte ich mir«, sagte George. »Versuch, sie zu beruhigen.«

Kate nickte, dann ging sie nach draußen und schloss die Tür hinter sich.

»Scheiße«, sagte Ron, »ich dachte immer, mir bleibt eine Entführung erspart.«

George hatte das ebenfalls gehofft. Seit er als Pilot arbeitete, war er mit verschiedensten Komplikationen konfrontiert worden. Im Koreakrieg war er zweimal von kleineren Flakgeschossen getroffen worden, und in seinen ersten Jahren bei Northwest gab es hin und wieder technische Probleme. Einmal war eines der Triebwerke ausgefallen, ein anderes Mal ließ sich das Fahrwerk nicht ausfahren, doch er hatte seine Crew und die Passagiere immer unbeschadet auf den Boden gebracht.

George griff zum Funkgerät, stellte die Frequenz der Bodenkontrolle ein und drückte die Sendetaste.

»Seattle Center, hier spricht Northwest 305.«

»Roger 305, sprechen Sie.«

»Wir haben hier ein Problem«, sagte George. »An Bord unserer Maschine sitzt ein Mann mit einer Bombe. Er droht, unser Flugzeug zu sprengen, wenn wir nicht mit ihm kooperieren. Er fordert zweihunderttausend Dollar in bar und vier Fallschirme. Das Geld soll in einen Wäschesack gepackt werden. Erst wenn seine Forderungen erfüllt wurden, dürfen wir landen. Wir bitten um Freigabe, die Höhe beizubehalten und über Seattle zu kreisen.«

George fragte sich schon, ob sie ihn vielleicht nicht verstanden hatten, doch dann drang die Stimme aus dem Lautsprecher.

»Roger 305, Freigabe ist erteilt. Ich melde mich gleich wieder bei Ihnen.«

»Ich will nicht wissen, was da unten jetzt los ist«, sagte Ron.

Phil zündete sich eine Zigarette an. Er war der Jüngste im Cockpit, und George spürte seine Nervosität.

»Meint ihr, sie wollen, dass wir kooperieren?«

»Um ehrlich zu sein, sehe ich gar keine andere Möglichkeit«, sagte Ron.

»Ich übernehme wieder«, sagte George. »Wie sieht es mit dem Treibstoff aus?«

»Darüber brauchen wir uns keine Gedanken zu machen«, antwortete Ron. »Wir haben genug in den Tanks.«

Draußen war es fast dunkel, und das Wetter hatte sich verschlechtert. Sie flogen durch eine dichte Wolkenschicht, und George musste die Scheibenwischer wieder einschalten. Er kontrollierte Kurs und Position, dann die Höhe. Sie waren nicht mehr weit von Seattle entfernt. Normalerweise müssten sie jetzt den Sinkflug einleiten.

Das Funkgerät rauschte, dann hörten sie die Stimme aus dem Tower.

»Northwest 305, hören Sie mich?«

»Ja, sprechen Sie.«

»Wir haben mit der Airline und dem FBI Rücksprache gehalten und werden den Forderungen des Entführers nachkommen. Wir setzen alles daran, das Geld und die Fallschirme so schnell wie möglich zu besorgen.«

»Roger«, sagte George.

»Wir haben auf einer zweiten Leitung einen Mitarbeiter des FBI, der Ihnen ein paar Fragen stellen möchte.«

Für einen Moment kehrte Ruhe ein, dann meldete sich eine andere Stimme.

»Northwest 305, können Sie mich verstehen?«

»Roger«, sagte George. »Sprechen Sie.«

»Wissen Sie, ob es noch weitere Entführer an Bord gibt?«

»Nicht mit Sicherheit, aber so, wie es aussieht, ist er alleine.«

»Hat er genauere Angaben zu seinem Ziel gemacht?«

»Nein«, sagte George. »Bisher noch nicht.«

10

24. November 1971
Northwest Orient Airlines, Flug 305

Richard blickte auf seine Uhr. Normalerweise müsste die Stewardess jeden Moment zurück sein. Zumindest hoffte er das, denn er wurde langsam nervös. Die Plätze vor und neben ihm waren leer, aber einige Passagiere, die weiter vorne saßen, nutzten die Toilette hinter ihm. Gerade war der junge Soldat, der mit ihm in Portland eingestiegen war, in der kleinen Kabine. Richard hörte, wie er die Spülung betätigte, und kurz darauf öffnete sich die Tür. Als er die Toilette verließ und zu seinem Platz ging, trat Kate durch den Vorhang. Die beiden sahen sich an, dann setzte sich der Soldat, und sie ging an ihm vorbei. Richard rückte auf den Fensterplatz, doch Kate wurde von einer älteren Frau aufgehalten, die zwei Reihen vor ihm saß. Während die beiden sich unterhielten, sah sie mehrmals zu ihm herüber. Kurz darauf setzte sie sich neben ihn.

»Entschuldigen Sie bitte, die Dame fliegt zum ersten Mal.«

Richard nickte, dann zündete er sich eine Zigarette an.

»Haben Sie mit dem Captain gesprochen?«

»Ja«, sagte sie. »Er gibt ihre Forderungen an die Bodenkontrolle in Seattle weiter. Sobald es etwas Neues gibt, meldet er sich über das Bordtelefon.«

Richard zog an seiner Zigarette und sah sich im Passagierraum um. Von den Gästen schien niemand etwas bemerkt zu haben.

»Ich möchte, dass die hintere Toilette nicht mehr benutzt wird«, sagte er. »Machen Sie eine Durchsage, dass sie defekt ist und die Gäste die vordere nehmen sollen.«

»Mache ich, aber ich muss das vorher mit dem Captain besprechen.«

Richard nickte, dann blickte er nach hinten zu der jüngeren Stewardess.

»Was ist mit Ihrer Kollegin? Sie wirkt ziemlich nervös.«

»Ist sie auch«, sagte Kate. »Sie arbeitet noch nicht lange an Bord.«

»Reden Sie mit ihr. Sie soll sich zusammenreißen.«

»Okay«, sagte Kate und stand auf.

Richard rückte wieder an den Gang. Er beobachtete, wie sie nach hinten ging und sich mit der anderen Stewardess unterhielt und den Hörer des Bordtelefons in die Hand nahm. Er versuchte zu verstehen, worüber sie redeten, aber obwohl sie keine drei Meter von ihm entfernt stand, konnte er sie nicht hören. Das Gespräch mit dem Captain dauerte länger, als Richard erwartet hatte, und er fragte sich, ob es Probleme gab. Er war überzeugt, dass die Fluggesellschaft seinen Forderungen nachkommen würde. Erst im letzten Jahr war eine Bombe an Bord einer Maschine detoniert, und er konnte sich nicht vorstellen, dass eine Airline dieses Risiko ein weiteres Mal eingehen würde.

»Sehr geehrte Damen und Herren«, erklang die Stimme des Piloten aus den Boxen. »Aufgrund des hohen Verkehrsaufkommens in Seattle verzögert sich unsere Landung bedauerlicherweise ein wenig. Sobald ich nähere Informationen dazu erhalte, melde ich mich wieder bei Ihnen. Leider muss ich Ihnen ebenfalls mitteilen, dass die Toilette im Heck nicht mehr nutzbar ist. Weichen Sie bitte auf die vordere Toilette aus.«

Richard sah sich in der Maschine um. Einige Passagiere unterhielten sich miteinander, und die alte Frau, mit der Kate gesprochen hatte, blickte lang und ängstlich nach hinten. Ansonsten schien die Durchsage niemanden zu stören.

»Gibt es etwas Neues aus Seattle?«, fragte er, als Kate wieder neben ihm saß.

»Ja. Die Fluggesellschaft kooperiert. Sie sind gerade dabei, das Geld und die Fallschirme zu besorgen.«

Kate sah ihn an. Richard meinte, so etwas wie ein Lächeln zu erkennen.

»Ich muss jetzt aufstehen und die Fluggäste bedienen«, sagte sie.

»Kann das nicht Ihre Kollegin machen?«

Er blickte zu der anderen Stewardess, die immer noch reglos auf ihrem Notsitz saß.

»Nein«, sagte sie und sah ebenfalls nach hinten. »Ich fürchte nicht.«

»Okay«, sagte Richard. »Aber ich möchte, dass Sie sich danach wieder zu mir setzen.«

Kate nickte und wollte aufstehen, aber Richard hielt sie am Arm fest.

»Ihre Kollegin ... wie heißt sie?«

»Emma.«

»Sagen Sie ihr, dass sie zu mir kommen soll.«

»Mache ich. Aber seien Sie nett zu ihr.«

Kate stand auf, und kurz darauf trat Emma zu ihm. Als sie sich neben ihn setzte, kam sie ihm um einiges jünger vor als beim Einsteigen. Richard schätzte sie auf neunzehn, höchstens zwanzig.

»Hallo«, sagte er. »Wie geht es Ihnen?«

»Gut«, sagte sie leise, aber sie sah ihn nicht an. Es war offensichtlich, dass sie große Angst hatte.

»Sie brauchen sich keine Sorgen zu machen«, sagte er. »Sobald wir in Seattle gelandet sind und ich das Lösegeld habe, können Sie mit den Passagieren aussteigen.«

Zum ersten Mal sah sie ihn an. Ihre Schminke war verlaufen, und sie hatte feuchte Augen.

»Aber was ist, wenn es Probleme gibt?«

»Es wird keine Probleme geben.«

Sie begann zu weinen.

»Meine Mutter ... ich habe mich gestern Abend

am Telefon mit ihr gestritten. Und jetzt habe ich Angst, dass ich sie nie wiedersehe.«

»Ihnen wird nichts passieren«, sagte Richard. »Versuchen Sie sich einfach zu entspannen.«

Sie nahm ein Taschentuch aus ihrer Jackentasche und putzte sich die Nase.

»Ich versuche es«, sagte sie.

Sie sah zu dem Koffer, der mit geöffneten Messingschnallen auf seinem Schoß lag.

»Die …«, sie hielt inne. »Die Bombe … ist sie wirklich echt?«

»Ja, aber ich habe nicht vor, sie zu zünden.«

Sie nickte leicht, dann blickte sie zu Kate. Auch Richard beobachtete sie. Nur drei Passagiere hatten etwas bei ihr bestellt. Der Mann, der wie ein Cowboy gekleidet war, hatte ein Bier geordert, und ein älteres Paar nahm gerade seinen Tomatensaft entgegen.

»Könnten Sie mir noch einen Whisky bringen?«, sagte er zu Emma und deutete auf das leere Glas vor ihm auf der Ablage.

»Ja. Bourbon oder Scotch?«

»Bourbon, mit Eis.«

Er hielt ihr das Glas hin, und Emma ergriff es, ohne ihn anzusehen.

Dann stand sie auf.

11

24. November 1971
Northwest Orient Airlines, Flug 305

Es kam immer wieder vor, dass sie aufgrund von technischen Problemen über einem Airport Warteschleifen ziehen mussten. Erst vor einem Monat hatte eine Maschine, die in Spokane von der Bahn abgekommen war, dafür gesorgt, dass sie fast eine Stunde nicht landen konnten. Die zwanzig Minuten, die sie jetzt schon über Seattle kreisten, waren also alles andere als ungewöhnlich. Ihr Treibstoff war ausreichend, und auch die Passagiere schienen noch gelassen zu sein. Trotzdem war er angespannt. Das lag vor allem am Wetter, das sich in der letzten halben Stunde deutlich verschlechtert hatte. Und er hatte immer noch nichts von der Bodenkontrolle in Seattle gehört. Auch wenn das FBI und die Flugsicherung zugesichert hatten, mit dem Entführer zu kooperieren, blieb ein Rest Unsicherheit zurück. Im letzten Jahr war eine komplette Cockpitmannschaft auf einem Flughafen in Florida von einem Entführer erschossen worden, nachdem die Behörden versucht hatten, die voll besetzte Maschine auf dem Rollfeld zu stürmen.

George war froh, als wieder ein Funkspruch aus Seattle kam.

»Northwest 305?«

Er erkannte die Stimme des FBI-Beamten.

»Sprechen Sie.«

»Das Geld ist unterwegs, und die Verpflegung steht bereit. Die Beschaffung der Fallschirme gestaltet sich allerdings schwieriger als gedacht. Aber unsere Mitarbeiter sind dran.«

»Roger«, sagte George.

»Gibt es etwas Neues vom Entführer?«

»Nein. Unsere Flugbegleiterin Kate Wilson sitzt bei ihm. Momentan scheint er sich ruhig zu verhalten.«

»Okay, das ist gut«, sagte er. »Meinen Sie, es wäre möglich, nach hinten zu gehen und mit ihm zu sprechen?«

George blickte zu Phil, dann zu Ron.

»Ich habe geahnt, dass so etwas noch kommt«, sagte Ron.

George drückte die Sendetaste.

»Nein«, sagte er. »Offen gestanden, halte ich das für keine gute Idee.«

»Was soll das?«, fragte Phil.

»Das wüsste ich auch gerne«, antwortete George verärgert. »Ein Pilot, der in zwanzigtausend Fuß Höhe durch sein Flugzeug marschiert? Keine Ahnung, wie sie sich das vorstellen.«

Er atmete tief ein und wieder aus, dann drückte er erneut die Sendetaste.

»Ich habe siebenunddreißig Passagiere und meine Crew an Bord. Um das klarzustellen: Ich werde nichts unternehmen, was das Leben dieser Menschen gefährden könnte.«

»Okay«, sagte der Beamte. »Wir melden uns, sobald es etwas Neues gibt. Over.«

»Scheiße«, sagte George, während er durch das Cockpitfenster in die Dunkelheit starrte, die hin und wieder von Blitzen erhellt wurde. »Seit Jahren werden fast wöchentlich Flugzeuge entführt, und die scheinen immer noch nicht zu wissen, wie sie die Sache anpacken sollen.«

Er schaltete auf das Bordtelefon um und drückte die Ruftaste. Kurz darauf meldete sich Emma.

»Kann ich mit Kate sprechen?«, fragte er.

»Einen Moment«, sagte sie. »Sie sichert gerade den Getränkewagen.«

»Den Getränkewagen? Wieso sichert sie den Getränkewagen?«

»Sie hat die Passagiere bedient.«

»Wieso machst du das nicht? Hol sie ans Telefon.«

Sie gab keine Antwort, aber er hörte, wie sie sich im Hintergrund mit Kate unterhielt.

»Hallo, George.«

»Scheiße, was ist dahinten bei euch los?«

»Ich musste mich um die Passagiere kümmern«, sagte sie. »Emma ist … es ging ihr nicht besonders gut, aber sie hat sich wieder gefangen.«

George spürte, wie er wieder ruhiger wurde.

»Sorry, tut mir leid, ich wollte nicht …«

»Ist schon okay«, sagte sie.

»Was ist mit dem Entführer?«

»Ist nach wie vor ziemlich ruhig. Ich wollte mich gerade wieder zu ihm setzen.«

»Du kannst ihm sagen, dass das Geld unterwegs ist.«

»Was ist mit den Fallschirmen?«

»Da sind sie noch dran«, sagte er. »Ich melde mich, sobald ich was gehört habe.«

»Okay.«

»Wie ist die Stimmung bei den Passagieren?«

»Noch wirken alle entspannt.«

»Das ist gut zu hören«, sagte George. Plötzlich musste er an die erste Klasse denken. Er hatte sie in der Aufregung völlig vergessen.

»Was ist eigentlich mit Liz? Weiß sie Bescheid?«

»Ja. Ich hab mit ihr gesprochen.«

»Danke, Kate.«

»Keine Ursache. Wollen wir hoffen, dass die Fallschirme bald ankommen.«

Er beendete die Verbindung und kontrollierte die Instrumente. Dann blickte er wieder nach draußen, aber bis auf die Bewegungen der Scheibenwischer und gelegentliche Blitze war dort nichts zu erkennen.

Er drehte sich zu Ron um.

»Was sagen die Wetterdaten?«

»Sieht aus, als wenn es demnächst ziemlich ungemütlich werden würde.«

»Ich wüsste zu gern, was er mit den Fallschirmen vorhat«, sagte Phil.

»Um ehrlich zu sein, will ich darüber gar nicht nachdenken«, sagte George. »Ich hoffe vor allem, dass die da unten tun, was sie angekündigt haben.«

Er sah auf die Uhr. Sie kreisten seit fast dreißig Minuten über Seattle, und es war nur eine Frage der Zeit, bis die ersten Passagiere sich beschweren würden. Er musste sich etwas überlegen, aber er hatte keine Ahnung, was das sein könnte.

12

24. November 1971
Northwest Orient Airlines, Flug 305

Bevor sie den Hörer einhängte, blieb sie einen Moment lang vor dem Bordtelefon stehen. George und sie kannten sich, seit sie bei der Airline arbeitete. Sie schätzte ihn als Captain, aber auch als Mensch. Und im Gegensatz zu manch anderen Piloten verhielt er sich seiner Crew gegenüber stets freundlich und loyal. So aufgebracht wie gerade hatte sie ihn in all den Jahren nicht erlebt, und sie hoffte, dass er sich wieder fangen würde. Ihr selbst ging es um einiges besser. Die meisten Entführungen, von denen sie in den letzten Jahren gehört hatte, waren glimpflich ausgegangen, und auch wenn seine Forderungen sie nach wie vor verunsicherten, hatte sie nicht das Gefühl, dass der Mann etwas Unüberlegtes tun würde.

Als sie spürte, dass Emma sie beobachtete, hängte sie den Hörer ein.

»Was sagt George?«, fragte sie.

»Das Geld ist unterwegs, und an den Fallschirmen sind sie dran.«

Emma nickte.

»Er wirkte ziemlich nervös.«

»Geht es dir etwas besser?«

»Ja. Ich glaube schon.«

»Meinst du, du kannst dich wieder um die Passagiere kümmern?«

»Ja.«

»Danke.« Sie blickte zu dem Entführer, der auf dem mittleren Sitz hockte und an seinem Bourbon nippte. »Ruf mich, wenn George sich meldet.«

»Mach ich.«

Kate lächelte ihre Kollegin an, dann strich sie ihren Rock glatt und setzte sich neben ihn.

Diesmal rutschte er nicht ans Fenster.

»Es gibt gute Neuigkeiten«, sagte sie. »Das Geld ist auf dem Weg zum Flughafen.«

»Das klingt hervorragend«, sagte er, hob das Glas und trank einen Schluck.

»Er hat genau die richtige Temperatur.«

»Wir tun, was wir können.«

»Möchten Sie jetzt eine Zigarette?«

Er griff nach der Schachtel, die auf der ausgeklappten Ablage des Fensterplatzes lag, und hielt sie ihr hin. Kate nahm eine Zigarette heraus, und er gab ihr Feuer.

»Wie heißen Sie eigentlich«, fragte Kate, als sie langsam den Rauch ausblies.

»Nennen Sie mich einfach Dan.«

»Okay«, sagte sie. »Wollen Sie mir erzählen, wohin wir fliegen, wenn Sie das Geld haben?«

»Alles zu seiner Zeit.«

Er nippte an seinem Bourbon.

»Kuba?«

»Sie sind ziemlich neugierig. Nein«, sagte er lächelnd. »Aber unser Ziel wird Ihnen sicher auch gefallen.«

Er zog an seiner Zigarette.

»Wo kommen Sie her?«

»Aufgewachsen bin ich in Nebraska«, sagte sie. »Aber seit ein paar Jahren lebe ich in Minneapolis.«

»Eine schöne Stadt. Ich mag den Mississippi.«

»Waren Sie schon einmal da?«

»Vor ein paar Jahren. Aber nur kurz.«

Kate versuchte ihn sich in einem Diner oder einer Bar vorzustellen. Vielleicht waren sie sich sogar schon einmal irgendwo begegnet. Sie konnte nicht sagen, was genau es war, aber irgendetwas an ihm fand sie nach wie vor anziehend.

»Warum tun Sie das?«, fragte sie und blickte zu dem Koffer, der immer noch auf seinem Schoß lag. »Hat es was mit der Airline zu tun?«

Er schüttelte den Kopf und blickte aus dem Fenster. Irgendwo dort unten lag der Flughafen. Kate fragte sich, ob die Öffentlichkeit bereits von der Entführung gehört hatte. Bei der Flugsicherung war jetzt sicher die Hölle los. Sie stellte sich Polizisten und FBI-Agenten vor, die im Licht von Neonröhren zusammensaßen und über ihr weiteres Vorgehen berieten.

Ein paar Reihen weiter vorn stand ein Passagier

auf. Es war der Mann, der wie ein Cowboy gekleidet war und dem sie ein Bier serviert hatte. Er sah sich um, und als er sie erblickte, kam er auf sie zu.

»Ich bin gleich wieder da.«

Kate erhob sich und fing ihn zwei Sitzreihen weiter vorne ab.

»Hallo, Miss«, sagte er.

»Die hintere Toilette ist leider außer Betrieb.«

»Ich weiß, ich weiß … ich wollte nur«, er stockte und blickte zu dem Entführer. »Mein Anschlussflug in Seattle geht in zwei Stunden, und ich will ihn nicht verpassen.«

»Werden Sie nicht. Bis dahin sind Sie in jedem Fall am Gate.«

»Okay«, sagte er. Dann blickte er erneut zu dem Entführer. Sie fragte sich, ob er etwas bemerkt hatte, doch er begann zu grinsen.

»'nen hübschen Kerl haben Sie sich da geangelt.«

Kate spürte, wie die Anspannung mit einem Mal wieder aus ihrem Körper wich.

»Das ist ein Kollege«, sagte sie.

»Das heißt, Sie sind doch noch nicht vergeben?«

Kate rang sich ein Lächeln ab.

»Kann ich sonst noch etwas für Sie tun?«

Der Mann schien zu überlegen.

»Haben Sie Sportzeitschriften?«

»Nein, leider nicht«, sagte sie. »Aber ich könnte Ihnen die *Times* bringen.«

»Um Gottes willen. Verschonen Sie mich bloß damit.«

»Geben Sie Bescheid, wenn Sie etwas brauchen.«

Er nickte, drehte sich um und ging zurück zu seinem Platz.

Kate atmete durch, dann ließ sie den Blick über die übrigen Reihen gleiten. Schließlich sah sie auf die Uhr. Ihre geplante Ankunftszeit lag fast eine Stunde zurück. Aus Erfahrung wusste sie, dass bald die ersten Passagiere nervös wurden. Wenn das passierte, hätten Emma und sie alle Hände voll zu tun. Und dann konnte sie unmöglich neben dem Entführer sitzen bleiben.

Sie sah sich noch einmal um und ging wieder nach hinten. Als sie sich setzen wollte, klingelte das Bordtelefon.

13

24. November 1971
Northwest Orient Airlines, Flug 305

Richard wusste, dass sich die Situation an Bord von einem auf den anderen Moment ändern konnte. Er hatte sich in den vergangenen Wochen immer wieder die Frage gestellt, ob er tatsächlich in der Lage wäre, den Sprengsatz zu zünden. Denn im entscheidenden Moment hing alles von dieser Antwort ab. Genau deshalb hatte er sich für eine echte Bombe entschieden. Seit er eingestiegen war, hatte er nicht mehr darüber nachgedacht, doch während er Kate beobachtete, spürte er, wie wacklig die ganze Sache war. Wenn einer der Passagiere nervös wurde, könnte die Situation völlig aus dem Ruder laufen. Und Richard hatte das Gefühl, dass auch Kate das klar geworden war. Erst in Extremsituationen zeigte sich das wahre Gesicht eines Menschen. Das war ihm seit der Army bewusst. Er hatte Männer erlebt, die in Vietnam völlig über sich hinausgewachsen waren, während andere im Grün des Dschungels durchdrehten. Und bei keinem von ihnen hatte sich abgezeichnet, wie sie reagieren würden.

Kate drehte sich um, blickte ihn an und kam auf ihn zu, doch als sie seine Sitzreihe erreichte, klingelte das Bordtelefon. Sie hielt einen Moment inne, dann ging sie an ihm vorbei nach hinten. Richard widerstand dem Impuls, sich umzudrehen. Stattdessen versuchte er zu verstehen, worüber sie sprach. Doch er konnte auch dieses Mal nur einzelne Wortfetzen hören, und das Gespräch dauerte nicht lang.

Als sie aufgelegt hatte, setzte sie sich wieder neben ihn.

»Die Fallschirme sind in wenigen Minuten auf dem Flughafen, und der Pilot fragt, ob wir mit der Landung beginnen können.«

Richard nickte.

»Sagen Sie dem Captain, er soll die Landebahn nicht verlassen. Wenn wir am Boden sind, soll als Erstes das Flugzeug aufgetankt werden. Dann soll Ihre Kollegin über die Hintertreppe das Geld und die Fallschirme entgegennehmen.«

Kate sah ihn an.

»Und dann können die Passagiere aussteigen?«

»Ja, die Fluggäste und die beiden anderen Stewardessen«, sagte er. »Sie sollen die Maschine über die vordere Treppe verlassen. Der Rest der Crew bleibt an Bord.«

Er dachte an den Zettel, den er Kate am Anfang des Fluges zugesteckt hatte.

»Wo ist der Zettel mit meinen Forderungen?«

»Noch im Cockpit«, sagte sie.

»Ich will, dass Ihre Kollegin nach vorne geht und ihn mir bringt.«

»Okay«, sagte Kate. »Ist das alles?«

»Ja, aber sagen Sie dem Captain, dass niemand in Seattle die Maschine betreten soll. Und setzen Sie sich wieder zu mir, sobald Sie mit ihm gesprochen haben.«

Kate nickte, stand auf und ging nach hinten. Kurz darauf eilte Emma an ihm vorbei nach vorne und verschwand hinter dem Vorhang.

Außer dem schwachen Schein der Positionslichter an der Flügelspitze konnte er draußen nichts erkennen. Sein Glas war leer, und er spürte das Bedürfnis, einen weiteren Bourbon zu trinken, entschied sich aber dagegen. Seine letzte Mahlzeit lag mehrere Stunden zurück. Er hatte keinen Hunger, doch er wusste, dass er bald etwas essen musste.

»Dan?«

Richard drehte sich um. Er hatte Kate, die mit dem Telefonhörer in der Hand neben ihm stand, nicht kommen hören. Das Kabel war gespannt, und sie musste den Arm weit von sich strecken.

»Der Captain möchte wissen, wohin wir fliegen.«

Er hatte geahnt, dass diese Frage kommen würde, und hätte die Information lieber erst am Boden weitergegeben. Doch sein Gefühl sagte ihm, dass es besser war, jetzt darauf zu antworten.

»Mexiko«, sagte er, »wir fliegen nach Mexiko City.«

Kate drehte sich um und ging nach hinten, doch keine Minute später saß sie wieder neben ihm.

Die beiden hockten schweigend nebeneinander, bis die Stimme des Piloten das monotone Brummen der Triebwerke überlagerte.

»Sehr geehrte Damen und Herren, wir beginnen in Kürze mit dem Landeanflug.«

Richard schloss die Augen, atmete ein und ließ seine Finger über das glatte Leder des Koffers gleiten, und dann dachte er an das Geld, das dort unten auf ihn wartete.

14

24. November 1971
Northwest Orient Airlines, Flug 305

Während der Höhenmesser nach unten kletterte, spürte George, wie der Wind an der Maschine rüttelte. Das Wetter hatte sich in der letzten halben Stunde deutlich verschlechtert, und er musste sich beim Landeanflug voll und ganz auf seine Instrumente verlassen. Doch das war kein Problem. Er war schon so oft auf diesem Airport gelandet, dass er die Boeing mühelos mit verbundenen Augen auf den Boden gebracht hätte. Zumal der Flughafen praktisch still stand. Ein paar Maschinen zogen Warteschleifen, doch die meisten Flugzeuge waren zu anderen Airports umgeleitet worden.

Der Regen wurde in Schlieren über die Frontscheiben getrieben, bevor die Scheibenwischer ihn zur Seite schoben und das Ganze von Neuem begann. Eine Tankfüllung würde nicht bis Mexiko City reichen. Aber die Frage, wo sie zwischenlanden würden, schob er beiseite. Die Geldübergabe nahm seine komplette Aufmerksamkeit ein. Er hatte das Gefühl, der Entführer wisse genau, was er tat. Die

Landebahn nicht zu verlassen, war eine clevere Entscheidung, da man von dort aus alle Bewegungen auf dem Flughafen überblicken konnte. Dennoch hatte George Angst, dass das FBI etwas unternehmen könnte, das seine Crew und die Passagiere gefährden würde. Seit Jahren stritten die Fluggesellschaften und die Bundesbehörde darüber, wer bei einer Entführung die Kontrolle haben sollte. Die Airlines waren der Ansicht, dass die Piloten für ihre Passagiere verantwortlich waren, aber Hoover sah das anders. Jemand, der gegen die Bundesgesetze verstieß, sollte festgenommen werden, bevor er das Land verlassen konnte.

George dachte wieder an die Bilder der Entführung in Florida, die durch alle Zeitungen gegangen waren. Der Pilot hatte mehrmals darauf hingewiesen, dass der Entführer offensichtlich unter Wahnvorstellungen litt, dennoch hatten die Agenten Schüsse auf die Flugzeugreifen abgegeben.

George blickte auf den Variometer, kontrollierte den Kurs und betätigte die automatische Bremse. Er flog einen leichten Bogen und kontrollierte den Kurs erneut. Dann schaltete er die Landescheinwerfer ein, fuhr das Fahrwerk aus und bat Ron, die Checkliste vorzulesen. Kurz darauf lichtete sich der Nebel, und er konnte die Landebahn sehen, die direkt vor ihnen lag. Die Markierungsleuchten reflektierten auf dem nassen Asphalt, und als er den Blick über das Rollfeld gleiten ließ, entdeckte er einen Tanklaster, der abseits von der Landebahn parkte. Im nächsten Moment spürte er, wie die Reifen auf dem Asphalt aufsetzten und die Bremsen griffen. Während er den Schub umkehrte, wurde die Maschine langsamer, und noch bevor sie ausgerollt waren, schaltete er auf die Kabinenlautsprecher und drückte die Sendetaste.

»Sehr geehrte Damen und Herren, ich begrüße Sie im Namen meiner Crew in Seattle. Da die Terminals momentan leider überlastet sind, ist es nötig, Sie auf dem Rollfeld abzusetzen. Die Busse, die Sie abholen, sind bereits unterwegs. Bis dahin möchte ich Sie bitten, auf ihren Sitzen zu bleiben.«

Er ließ die Sendetaste los und atmete durch. Die Boeing war zum Stehen gekommen, und die Ruhe im Cockpit überraschte ihn. In einiger Entfernung schälten sich die Silhouetten mehrerer Fahrzeuge aus der Dunkelheit. Er erkannte einen Gepäckwagen, einen Truck mit mobiler Passagiertreppe und einen Versorgungswagen. Erst dann bemerkte er die dunkle Limousine, die mit ausgeschalteten Scheinwerfern neben dem Tankwagen parkte.

»Northwest 305, hier spricht der Tower. Hören Sie mich?«

»Klar und deutlich.«

»Wir schicken jetzt den Tankwagen zu Ihnen.«

»Roger.«

Er hörte statisches Rauschen. Dann erklang die Stimme des FBI-Agenten, diesmal um einiges leiser.

»Hallo, George«, sagte er. »Wir sitzen mit dem Lösegeld in einem Wagen auf dem Rollfeld.«

Die Limousine blinkte mit den Scheinwerfern auf, während sich der Tankwagen daneben langsam in Bewegung setzte.

»Können Sie uns sehen?«

»Ja.«

»Der Fahrer des Treibstoffwagens ist einer unserer Mitarbeiter«, sagte er. »Weitere Männer sind auf den Dächern der umliegenden Gebäude postiert.«

»Scheiße«, sagte Ron. »Was haben die vor?«

»Meinen Sie, es wäre möglich, den Fahrer des Tankwagens unter einem Vorwand in die Maschine zu lassen?«

»Unter keinen Umständen«, sagte George. »Um mich zu wiederholen: Ich werde nicht zulassen, dass meine Crew und die Passagiere gefährdet werden.«

»Wir möchten nur die Lage einschätzen.«

»Nein!«, sagte George aufgebracht. »Unter keinen Umständen.«

»Die scheinen wirklich vollkommen verrückt zu sein«, sagte Ron.

Zum ersten Mal in all den Jahren, in denen George mit Ron unterwegs war, spürte er so etwas wie Panik in seiner Stimme.

Phil war ganz verstummt. Er saß reglos auf dem Sitz neben ihm und starrte aus dem Fenster.

George blickte zu dem Tankwagen, der sich der Maschine näherte. Im Fahrerhaus erkannte er die Silhouetten von zwei Personen. Normalerweise war der Wagen mit einem Arbeiter besetzt, und während der Lkw aus seinem Blickfeld verschwand, wurde ihm bewusst, dass das Leben der Menschen an Bord von der Entscheidung dieser Männer in der dunklen Limousine abhing.

George richtete sich auf und atmete tief ein.

Dann drückte er erneut die Sendetaste.

15

24. November 1971
Northwest Orient Airlines, Flug 305

Kate spürte, wie sich der Druck veränderte. In drei, vielleicht vier Minuten würden sie aufsetzen. Bisher schien keiner der Passagiere bemerkt zu haben, was vor sich ging. Und wenn das FBI und die Polizei sich an die Anweisungen hielten, würde das auch so bleiben. Zumindest hoffte sie das. Sie dachte an die Familien, die dort unten auf ihre Angehörigen warteten, und fragte sich, ob sie über die Entführung unterrichtet worden waren. Noch vor zwei Stunden hatte sie gedacht, dass ihre Reise heute ebenfalls hier enden würde. Doch die Welt, in die diese Gedanken gehörten, existierte nicht mehr. Der Einstieg eines einzigen Fluggastes hatte alles auf den Kopf gestellt. Und obwohl sie wusste, dass sie sich vor diesem Mann fürchten sollte, war das nicht der Fall. Die Tatsache, dass er einfach tat, was er tat, beruhigte sie sogar. Kate war mit vielen Dingen alles andere als zufrieden. Sie verachtete Nixon und den Krieg, engagierte sich aber nicht dagegen. Sie hasste es, wie viele ihrer Mitbürger mit Schwarzen umgingen, doch wenn sie in Gesprächen mitbekam, dass sich Freunde oder Bekannte herablassend über diese Menschen äußerten, gab sie keine Widerworte. Nicht einmal bei ihren eigenen Eltern schaffte sie das. Auch an ihrem Beruf begann sie zu zweifeln. Und tief in ihrem Inneren wusste sie, dass sie nicht in der Lage war, etwas an ihrer Situation zu ändern. Doch der Mann, der neben ihr saß, schien von allem, was er tat, überzeugt zu sein. Und das beeindruckte sie.

Der Nebel lichtete sich, und sie konnte am Boden vereinzelte Lichter sehen. Mercer Island erhob sich aus dem dunklen Lake Washington, kurz darauf erkannte sie durch die gegenüberliegenden Fenster den Flughafen. Und während die Erde immer näher kam, nahm der Entführer plötzlich seine Brille ab und sah ihr direkt in die Augen.

»Ich werde jetzt aufstehen und zur Toilette gehen«, sagte er. »Ich möchte, dass Sie mitkommen und sich vor die Tür stellen.«

»Jetzt?«

Er nickte.

»Okay«, sagte Kate.

»Sobald ich das Geld und die Fallschirme habe, kann der Co-Pilot die vordere Tür öffnen, aber bis dahin wird niemand außer ihrer Kollegin das Flugzeug verlassen oder betreten.«

Er sah sie durchdringend an.

»Ist das klar?«

»Ja.«

Im gleichen Moment hörte sie, wie die Reifen aufsetzten und George durch die Kabinenlautsprecher verkündete, dass die Passagiere sich noch einen Moment gedulden mussten.

Der Entführer setzte die Brille auf, erhob sich und ging an ihr vorbei. Als das Flugzeug zum Stehen kam, stolperte er, und an der Art, wie er den Koffer umklammerte, konnte sie erkennen, dass er sich erschrocken hatte.

»Alles in Ordnung?«, fragte sie.

Einen Augenblick stand er einfach nur da und betrachtete den Koffer. Dann nickte er, ging zur Toilette und öffnete die Tür. Bevor er die kleine Kabine betrat und die Tür hinter sich schloss, sah er Kate noch ein letztes Mal an.

Als Kate aufstand und nach hinten ging, dachte sie an seine Augen. Das helle Blau verlieh seinem Gesicht etwas Verträumtes und passte nicht zu seinen dunklen Haaren.

Kurz vor der Tür kam ihr Emma entgegen.

»Die ersten Passagiere werden langsam nervös«, sagte sie und blickte den Gang entlang.

»Sag ihnen, dass es nicht mehr lange dauert.«

Emma nickte, dann sah sie zur Toilettentür.

»Was ist mit ihm?«, flüsterte sie.

»Ich weiß nicht. Er wirkt immer noch ziemlich ruhig.«

»Ich habe kein gutes Gefühl.«

»Mach dir keine Sorgen. Das wird schon.«

»Meinst du?«

Kate nickte und strich ihr über die Schulter.

»Ja, das meine ich«, sagte sie. »Schau noch einmal nach den Gästen und komm dann nach hinten.«

Emma drehte sich um und ging nach vorne.

Kate klopfte an die Tür.

»Können Sie mich hören?«

»Ja.«

»Was soll ich jetzt tun.«

»Schauen Sie nach draußen. Ich will wissen, was da passiert.«

»Mache ich. Einen Moment.«

Kate ging zur letzten Sitzreihe und blickte aus dem Fenster. Ein Tanklastwagen näherte sich der Maschine, und auf dem Rollfeld neben der Landebahn parkten mehrere Fahrzeuge. Ansonsten wirkte der Flughafen gespenstisch ruhig.

Sie ging zurück und erzählte ihm durch die geschlossene Tür, was sie gesehen hatte.

»Sind da Polizisten?«

»Nein.«

Erst jetzt merkte Kate, dass die Triebwerke nicht mehr liefen. Sie dachte an George.

»Kate?«

Der Entführer hatte die Tür einen Spalt geöffnet. Da sie direkt davorstand, konnte sie ihn nicht sehen, aber er war deutlicher zu hören.

»Ja?«

»Sagen Sie dem Captain, dass das Geld und die Fallschirme am Heck des Flugzeuges abgestellt werden sollen.«

Die Tür schloss sich wieder, und Kate griff nach dem Telefonhörer und drückte die Ruftaste. Es dauerte keine zwei Sekunden, bis George den Anruf entgegennahm. Sie gab die Anweisungen weiter, legte auf und stellte sich vor die Toilette.

Weiter vorne im Passagierraum wurde es unruhiger. Einige Fluggäste waren aufgestanden, und einer von ihnen hatte sich vor Emma aufgebaut. Er gestikulierte wild mit den Armen und deutete immer wieder aus dem Fenster. Während der Mann lauter wurde, blickte Emma mehrmals unsicher zu Kate nach hinten. Sie wusste, dass sie unbedingt etwas unternehmen musste.

Sie klopfte an die Toilettentür.

»Ich habe mit dem Captain gesprochen. Er meldet sich, sobald die Sachen draußen platziert sind. Aber jetzt muss ich erst mal zu meiner Kollegin. Einige Passagiere werden ungeduldig.«

»Nein«, sagte er aufgebracht. »Sie bleiben hier vor der Toilette.«

Kate blickte zu Emma, um die sich immer mehr Gäste versammelten.

»Wenn ich jetzt nicht einschreite, haben wir gleich ein ziemlich großes Problem.«

Der Entführer reagierte nicht.

»Haben Sie gehört?«

»Okay, aber beeilen Sie sich.«

»Mach ich.«

Sie ging nach vorne.

»Entschuldigen Sie bitte«, sagte Kate, als sie bei

den Passagieren im Gang angekommen war. »Es wird wirklich nicht mehr lange dauern, bis Sie die Maschine verlassen können. Setzen Sie sich bis dahin bitte wieder auf Ihre Plätze.«

Die meisten folgten ihrer Anweisung, aber der Mann vor Emma sah Kate wütend an. Er war etwa Mitte vierzig, trug einen dunklen Seidenanzug und hatte einen hochroten Kopf. Sein Gesicht glänzte vor Schweiß.

»Können Sie mir vielleicht erklären, wieso das Flugzeug aufgetankt wird und die Busse, die angeblich unterwegs sind, nirgends zu sehen sind?«

»Bitte«, sagte Kate. Ich …«

»Sparen sie sich Ihr BITTE!« Er schrie fast. »Ich möchte sofort mit dem Piloten sprechen.«

»Das geht leider nicht«, sagte sie so ruhig es ging. Aber sie ahnte schon, dass es unmöglich war, mit ihm zu reden.

In dem Moment trat Liz durch den Vorhang, und der Mann drehte sich zu ihr um.

»Kann ich Ihnen helfen?«

»Helfen?«

»Ja«, sagte sie. »Sie scheinen ziemlich aufgebracht zu sein.«

»Ich bin nicht aufgebracht. Ich bin stinksauer.«

»Ich verstehe Sie. Mir geht es genauso. Normalerweise hätte ich längst Feierabend. Diese Geheimnistuerei geht mir gehörig auf die Nerven. Deshalb werde ich Ihnen jetzt etwas erzählen, das ich normalerweise nicht erzählen dürfte.«

Sie sah zu Kate, dann wieder zu dem Mann.

»Der Grund für unsere Verspätung ist eine Entführung.«

Kate wurde schwindelig, und sie musste sich an der Rückenlehne des Sitzes neben sich festhalten. Einige Passagiere begannen sich aufgeregt miteinander zu unterhalten. Andere sahen sich nervös im Passagierraum um. Kate bemerkte, dass die Toilettentür einen Spaltbreit geöffnet war, und sie bekam Angst, dass der Entführer die Unterhaltung verstehen konnte.

»Eine Entführung?«

Der Mann war völlig blass und sprach deutlich ruhiger.

»Ja … das ist der Grund, warum wir nicht landen durften.«

»Aber«, er stockte und blickte zu dem Vorhang, durch den Liz gerade gekommen war. »Wo sind die Entführer? Im Cockpit?«

Alle sahen zu Liz.

»Nein, nicht unser Flugzeug wurde entführt. Es geht um eine Maschine von American Airlines. Sie steht auf der anderen Seite des Terminals.«

Ein paar der Fluggäste blickten nach draußen, andere sahen zu Liz, aber niemand von ihnen sprach.

»Wie gesagt, mir geht die Situation ebenfalls gehörig auf die Nerven. Trotzdem, wir sind gerade eindeutig in der besseren Lage.«

Sie richtete sich an Emma.

»Ich muss jetzt wieder in die erste Klasse. Meine Kollegin wird sich um Sie kümmern. Alles, was Sie jetzt bestellen, geht auf unsere Kosten.«

Während Liz durch den Vorhang trat, sahen alle zu Emma, und Kate, die immer noch verwirrt war, nutzte die Gelegenheit, um nach hinten zu gehen. Dort fiel ihr auf, dass das Bordtelefon klingelte. Das Rauschen in ihren Ohren hatte das Geräusch völlig übertönt.

»Verdammt. Wieso nimmst du nicht ab?«

»Wir hatten hier ein Problem mit einem Passagier, aber jetzt ist alles in Ordnung.«

»Verdammt.«

»Ist bei euch alles okay?«

»Was?«

»Ob bei euch im Cockpit alles okay ist?«

»Ja«, sagte er. »Das Geld und die Fallschirme stehen jetzt bereit.«

»Danke.«

»Du meldest dich wieder?«

»Ja. Mache ich.«

Ihre Hände zitterten, und sie hatte Schwierigkeiten, den Hörer einzuhängen. Der Entführer stand keine zwei Meter neben ihr hinter der Tür. Sie wusste, dass er auf ihre Nachricht wartete. Aber es gelang ihr nicht, sich zu bewegen. Ihr Blick fiel auf den Schrank vor ihr, in dem die Spirituosenreserven lagerten. Sie öffnete die Tür und zog wahllos eine Flasche heraus. Bevor sie sie öffnete, sah sie auf das Etikett; es war Wild Turkey. Eigentlich hasste sie Bourbon, aber gerade war ihr das völlig egal. Sie setzte an und nahm einen großen Schluck. Kurz darauf spürte sie, wie der Whisky sich in ihrem Körper ausbreitete. Das Brennen war unangenehm, überdeckte aber das Zittern, also nahm sie einen weiteren Schuck. Dann schloss sie die Flasche und verstaute sie wieder in dem Schrank.

Weiter vorne im Passagierraum war es ruhiger geworden. Außer Emma saßen alle. Sie unterhielt sich mit einem alten Pärchen, die anderen Passagiere sahen fast ausnahmslos aus dem Fenster.

Jetzt war der beste Moment, das Geld und die Fallschirme an Bord zu holen.

Sie ging zur Toilettentür, die immer noch leicht geöffnet war, und klopfte.

»Dan?«

»Was war da eben los?«

»Nichts Großes, aber Emma kann gerade nicht weg.«

»Was soll das heißen?«

»Dass ich die Sachen ins Flugzeug holen muss. Sie stehen draußen bereit.«

Er antworte nicht, und Kate trat einen Schritt zur Seite. Die Tür öffnete sich etwas weiter, und sie konnte sein Gesicht sehen. Er trug immer noch die Sonnenbrille. Trotzdem konnte sie erkennen, dass sich sein Ausdruck verändert hatte. Er hatte die Lippen fest aufeinandergepresst und schwitzte.

»Tun Sie das, aber keine Spielchen.«

Sie sah ihn an und nickte kurz, dann ging sie

nach hinten. Sie entriegelte die Tür. Bevor sie den Hebel zum Öffnen der Klappe zog, vergewisserte sie sich, dass kein Passagier sie beachtete. Als die Treppe sich mit einem Zischen senkte, wehte ein kühler Luftzug ins Innere der Maschine. Kate griff nach dem Handlauf und stieg die Stufen hinab. Ihr Blick fiel sofort auf die fünf Bündel, die unterhalb der Heckflosse standen. Die Stille auf dem Rollfeld irritierte sie. Sie sah sich um und entdeckte einen Mann in einem dunklen Mantel, der neben einer Limousine stand. Er schien bemerkt zu haben, dass sie zu ihm blickte, denn er hob den Arm. Kate ging einen Schritt auf ihn zu und winkte zurück.

Sie hatte das Gefühl, der Freiheit noch nie so nah gewesen zu sein.

* * *

Wie haben Sie von dem Fall erfahren?
Per Telefon. Meine Frau und ich lebten damals in Portland. Wir wollten am nächsten Morgen zu ihren Eltern fahren, und ich war dabei, den Wagen zu packen, als das Büro anrief.

Was war Ihr erster Gedanke?
Ich habe mich gefragt, was der Typ mit den Fallschirmen will. Nach Angaben der Besatzung war nur ein Täter an Bord. Dass er vier Schirme wollte, hat mich verwirrt. Aber dass er selbst springen könnte, habe ich nicht in Erwägung gezogen.

Sie haben sich nicht gefragt, was das für ein Mensch ist?
Natürlich habe ich das. Aber Sie wollten wissen, was mir als Erstes durch den Kopf gegangen ist. Wie gesagt, ich hatte damals noch nicht viel Erfahrung. Und vielleicht war ich auch ein wenig arrogant. Egal, was er vorhatte – ich war fest davon überzeugt, dass wir ihn kriegen würden.

Einige der Besatzungsmitglieder haben ihn als höflich und zuvorkommend beschrieben.
Das hat den Zeitungen von Anfang an sehr gut gefallen. Die meisten haben ihn im Laufe der Jahre als Helden stilisiert. Manche haben ihn sogar als Robin Hood bezeichnet. Ich finde das etwas komisch. Soweit ich weiß, hat der Kerl das Geld nicht unter den Armen verteilt.

Und das ärgert Sie.
Mich ärgert vor allem, dass solche Stimmen auch in unseren Reihen laut wurden. Bitte verstehen Sie mich nicht falsch – ich kann gut nachvollziehen, dass manch einer so etwas gut findet. Viele der großen Geschichten sind so angelegt. Sogar in der Bibel. Denken sie nur an David gegen Goliath. Und hoffen wir beim Pferderennen nicht alle insgeheim, dass die Außenseiter am Ende gewinnen? Aber wenn Polizisten damit anfangen, sich auf die Seite ihrer Gegner zu stellen, haben wir ein Problem. Ein ziemlich großes sogar. Ich weiß, das klingt wahrscheinlich ein wenig naiv, aber ich sage es trotzdem: Jemand, der sich mit einem Verbrecher solidarisiert, hat im Polizeidienst nichts verloren. Und dabei spielt es keine Rolle, ob es sich um einen kleinen Diebstahl oder ein größeres Vergehen handelt. Wer diese Schwelle einmal überschreitet, wird es auch ein weiteres Mal tun.

Was haben Ihre Freunde zu dem Fall gesagt?
Ich habe nie besonders gerne über meine Arbeit gesprochen. Und fast niemand in unserem Bekanntenkreis wusste, dass ich an dem Fall dran war. Als FBI-Agent muss man zuhören können. Zumindest sehe ich das so. Und ich bin in all den Jahren eigentlich ganz gut damit gefahren.

Es gab natürlich trotzdem einige Situationen, in denen das Thema auf den Tisch kam. Eine Zeit lang kam man praktisch gar nicht drum herum. Und natürlich gab es auch in meinem näheren Umfeld einige Menschen, die ihn mystifiziert haben.

Es gab Vermutungen, dass der Täter sich mit Flugzeugen auskannte. Manche behaupten sogar, dass es sich um einen Piloten handelte.
Ich glaube nicht, dass er Pilot war. Aber ich könnte mir vorstellen, dass er bei der Army war.

Ein Vietnam-Veteran?
Vielleicht.

16

24. November 1971
Northwest Orient Airlines, Flughafen Seattle

Richard saß auf dem Toilettendeckel und betrachtete den Koffer auf seinem Schoß. Er vermutete, dass sich draußen Scharfschützen befanden, die nur darauf warteten, ihn in einem der Fenster ins Visier zu bekommen. Sicherlich könnten sie ihn auch durch die Aluminiumhaut auf der Toilette erschießen. Er hatte viel darüber nachgedacht, trotzdem war ihm dieser Ort am sichersten erschienen.

Das Zischen der sich öffnenden Heckklappe riss ihn aus den Gedanken. Die Toilettentür war nur angelehnt, und er hörte, wie Kate die metallene Treppe hinabstieg. Er legte den Koffer auf das Waschbecken, stand auf und trat an den Eingang. Er schwitzte, und die kühle Luft, die in die Toilette drang, war angenehm. Da sich die Tür nach vorne öffnete, konnte er nicht sehen, was weiter hinten vor sich ging. Die Passagiere schienen nicht bemerkt zu haben, dass Kate das Flugzeug verlassen hatte, und verhielten sich ruhig.

Der Klang von Kates Pumps veränderte sich von einem metallischen Geräusch in ein dumpferes, dunkleres. Für einen Augenblick verstummte es. Dann war es wieder da, aber Richard hatte den Eindruck, dass Kate sich vom Flugzeug entfernte. Denn das Geräusch wurde immer leiser, bis es schließlich überhaupt nicht mehr zu hören war. Entweder war sie jetzt so weit weg, dass ihre Schritte sich in der Ferne verloren, oder sie war stehen geblieben. Er drehte sich zu dem Koffer und öffnete ihn, dann horchte er wieder. Er stand an der Tür und versuchte die Geräusche von Kates Absätzen auszumachen, doch alles, was er wahrnahm, war das Klopfen seines Herzens, das in seiner Brust hämmerte. Hatte er sich in ihr getäuscht? War sie einfach verschwunden? Seine Handrücken fingen an zu kribbeln, und sein Körper wurde von einer Hitzewallung ergriffen. Ruhig und gleichmäßig atmen, sagte er sich. Doch es gelang ihm nicht. Sein Hals verengte sich, und gleichzeitig hatte er das Gefühl, dass etwas Großes, Mächtiges gegen seinen Brustkorb drückte.

Er klappte den Koffer wieder zu, legte ihn auf die Toilette, drehte den Wasserhahn auf und nahm seine Brille ab. Dann beugte er sich über das Waschbecken und spritzte sich Wasser ins Gesicht. Es war kälter, als er erwartet hatte, aber vor allem – es half. Das Kribbeln in seinen Händen verschwand, und er bekam besser Luft. Er schloss die Augen und konzentrierte sich auf das Ein- und Ausströmen seines

Atems. Kurz darauf verlangsamte sich auch sein Herzschlag. Als er sich das Gesicht mit Papierhandtüchern abtrocknete, klopfte es.

»Dan?«

Es war Kate.

»Ja?«

»Könnten Sie die Tür etwas weiter öffnen? Das Geld … ich habe es.«

Richard setzte die Brille auf, stellte den Koffer auf das Waschbecken und öffnete ihn.

Er betrachtete den Schalter.

»Ich hoffe, Sie sind allein.«

»Ja«, sagte sie. »Natürlich bin ich allein.«

Richard öffnete die Tür, und Kate reichte ihm einen prall gefüllten Wäschesack.

»Ich gehe die Fallschirme holen.«

Richard nickte, schloss die Tür und stellte den Sack auf den Toilettensitz. Er löste das Zugband und sah hinein. Die grünen Geldbündel reichten bis zum Rand. Er zog das Band wieder fest und hob den Sack noch einmal an. Obwohl es sich um Zwanzigdollarbündel handelte, wog das Geld deutlich mehr, als er erwartet hatte.

Es klopfte erneut.

»Ich habe zwei Fallschirme«, sagte Kate. »Soll ich sie Ihnen geben?«

Richard drehte sich um und öffnete die Tür.

»Nur einen.«

Er sah zu den Schirmen, die vor ihm im Gang standen. Er hatte mit Sportmodellen gerechnet, aber zu seiner Verwunderung war einer davon ein Militärfallschirm.

Er zeigte darauf.

»Den grünen Fallschirm. Geben Sie mir den grünen.«

Kate griff ihn am Gurtzeug und zog ihn zu ihm rüber.

»Ich gehe die anderen beiden holen. Okay?«

»Ja.«

Richard hob den Fallschirm vor die Toilette. Diesmal ließ er die Tür offen, und während Kate das Flugzeug verließ, kontrollierte er den Schirm. Es war ein NB6. Er hatte genau dieses Modell mehrere Dutzend Male gepackt und benutzt. Richard betrachtete die Vorderseite, dann drehte er ihn um und besah das Gurtzeug und die Reißleine. Alles schien in Ordnung zu sein.

Er hörte, dass Kate die Treppe heraufkam.

Sie war außer Atem.

»Hier sind die anderen beiden«, sagte sie und stellte sie in den Gang. »Wollen Sie einen davon?«

Richard schüttelte den Kopf.

»Legen Sie die Schirme in die letzte Reihe.«

Er sah nach vorn. Einige hatten bemerkt, dass die Heckklappe geöffnet war.

»Sie können dem Captain Bescheid geben«, sagte er, als Kate zurück war. »Die Passagiere können jetzt aussteigen.«

Sie nickte, und Richard schloss die Tür. Während er zwischen dem Lösegeld und dem Fallschirm in der kleinen Toilette stand, bemerkte er, dass er zum ersten Mal seit dem Start nicht mehr an die Bombe gedacht hatte.

Im Passagierraum erklang die Stimme des Piloten. Richard hörte, wie die Gäste aufstanden und nach vorne gingen. Er öffnete die Tür einen Spalt und sah hinaus. Der Vorhang, der die erste Klasse vom Rest der Maschine trennte, war zur Seite geschoben, und die Fluggäste standen in einer Schlange im vorderen Teil der Boeing.

Kate trat neben die Toilette.

»Emma meinte, dass sie auch aussteigen soll?«

»Ja. Nur Sie und die Cockpitbesatzung bleiben an Bord.«

Richard konnte von seinem Platz aus nicht bis zum vorderen Ausgang sehen, aber an dem Luftzug, der durch die Maschine ging, erkannte er, dass die Tür geöffnet war.

»Schließen Sie die Heckklappe. Und wenn die Passagiere draußen sind, möchte ich, dass Sie das Licht ausschalten.«

Während die letzten Fluggäste ausstiegen, ging Kate nach hinten. Richard hörte, wie sich die Treppe einfuhr und die Tür schloss. Dann ging das Licht aus.

Es dauerte, bis seine Augen sich an die Dunkelheit gewöhnt hatten. Schließlich klappte er den Koffer zu und trat hinaus. Er ging zur vorletzten Reihe auf der linken Seite und blickte aus dem Fenster. Er erkannte einen Shuttlebus und eine Limousine, die mit ausgeschalteten Scheinwerfern auf dem Rollfeld parkte. Ein Stück weiter sah er die Rücklichter eines Tanklastwagens, der sich in Richtung des Terminals entfernte.

Gerade, als er wieder aufstehen wollte, vernahm er etwas weiter vorne im Flugzeug ein Geräusch. Kurz darauf sah er die Silhouette eines Mannes auf ihn zukommen.

»Hallo … ist hier jemand?«

Richard griff nach dem Koffer und sprang auf.

»Verschwinden Sie«, schrie er. »Oder ich werde die verdammte Maschine in die Luft jagen.«

Der Mann blieb stehen, machte aber keine Anstalten, sich umzudrehen.

»Verschwinden Sie«, schrie er erneut. »Ich meine es ernst.«

»Aber … ich …«

Richard sah eine weitere Person, die auf ihn und den Mann zurannte, und er legte den Finger auf den Schalter.

»Halt, nein«, rief Kate von hinten. »Das ist Emma … der Mann ist ein Passagier.«

Obwohl Richard sie klar und deutlich verstanden hatte, dauerte es einen Moment, bis er begriffen hatte, was los war.

»Was zur Hölle tun Sie hier?«, fragte Emma aufgebracht.

»Ich … ich habe …«

Emma fasste ihn am Oberarm und zog ihn zurück.

»Verlassen Sie sofort das Flugzeug.«

»Ich habe meine Jacke vergessen«, sagte er, während die beiden nach vorne gingen. »Ich habe nur meine Jacke vergessen.«

Richard hielt den geöffneten Koffer vor dem Bauch und blickte ihnen nach, bis sie das Flugzeug verlassen hatten.

Er setzte sich.

»Scheiße«, sagte er. »Das war verdammt knapp.«

17

24. November 1971
Northwest Orient Airlines, Flughafen Seattle

»Was war das?«, fragte Phil, als die Schreie im Passagierraum verklungen waren.

»Ich weiß nicht«, antwortete Ron.

»Vielleicht sollten wir nachschauen?«

»Nein«, sagte George. »Wir bleiben hier sitzen.«

Seine Kopfschmerzen waren schlagartig zurückgekehrt, aber diesmal um einiges heftiger als ein paar Stunden zuvor. Er griff in seine Hemdtasche, nahm die letzte Schmerztablette heraus und schluckte sie ohne Wasser herunter.

»Hat jemand von euch etwas verstanden?«, fragte Ron.

»Nein«, sagte Phil.

George blickte zu dem Shuttlebus, in den gerade ein Passagier einstieg.

»Wo zur Hölle kommt der jetzt her?«, sagte er. »Ich dachte, es wären schon alle draußen.«

»Keine Ahnung. Vielleicht ist er wieder zurückgelaufen.«

»Oder es ist der Entführer«, sagte Phil.

»Der Entführer?«

Ron sah ihn verwirrt an.

»Ja, vielleicht ... ich weiß ja auch nicht. Er könnte sich umgezogen haben.«

»Und das Geld«, sagte Ron. »Wo wäre deiner Meinung nach das Geld?«

»Ich hab doch keine Ahnung.« Phil sah zu George. »Vielleicht rufen wir bei Kate an?«

»Nein. Wir werden jetzt abwarten und sehen, was passiert.«

George rieb sich die Augen.

»Hast du wieder Kopfschmerzen?« Phil sah ihn an.

»Könntet ihr bitte einen Moment die Klappe halten.«

Die Stille war erdrückend, und George ärgerte sich, dass er die Stimme erhoben hatte.

Der Bus schloss die Tür, dann startete der Motor, und er fuhr Richtung Terminal. Als er in etwa die Hälfte der Strecke zurückgelegt hatte, meldete sich Kate über das Bordtelefon

»Endlich«, sagte George, »was war da eben bei euch los?«

»Ein Passagier hat seine Jacke vergessen und ist zurückgekommen. Der Entführer dachte, dass es jemand vom FBI wäre.«

»Scheiße.«

»Ja. Das hätte auch schiefgehen können.«

»Und jetzt?«

»Er scheint wieder okay zu sein«, sagte Kate. »Er

meint, dass wir jetzt starten können. Es gibt noch ein paar Dinge, die ich dir sagen soll. Hast du etwas zu schreiben?«

»Ja, einen Moment.«

George nahm das Headset ab und drehte sich zu Ron.

»Kannst du mir einen Stift und Papier geben?«

Kommentarlos bekam er einen Ringblock und einen Kugelschreiber. Er setzte den Kopfhörer wieder auf.

»Ich höre.«

»Du sollst auf der Route 23 über Portland fliegen. Auf zehntausend Fuß, bei einer Geschwindigkeit von zweihundert Knoten.«

George war verwirrt. Wenn er sich an die Angaben halten würde, müssten sie bis Mexiko City mindestens zweimal zwischenlanden. Außerdem wären sie dem Wetter ausgesetzt.

»Bist du sicher, dass du ihn richtig verstanden hast?«

»Ja.«

»Gibt es sonst noch irgendwas?«

»Nein. Die restlichen Forderungen kommen, sobald wir unterwegs sind.«

»Die restlichen Forderungen?«

»Ja, das hat er gesagt.«

Als sie das Gespräch beendet hatten, sah George auf seine Notizen. Entweder war der Typ völlig übergeschnappt, oder er wusste ganz genau, was er tat.

»Was ist los?«, fragte Ron.

George reichte ihm den Zettel, dann blickte er nach draußen zu der dunklen Limousine.

Schließlich drückte er die Sendetaste.

»Seattle Tower, bitte kommen.«

»Sprechen Sie.«

Er gab die Anweisungen des Entführers weiter. Einen Moment kehrte Ruhe ein, dann meldete sich der FBI-Beamte.

»Von unserer Seite steht dem Vorgehen nichts entgegen. Alles, was wir möchten, ist, dass Sie uns auf dem Laufenden halten.«

»Okay«, sagte der Lotse. »Dann haben Sie hiermit die Startfreigabe.«

George atmete tief ein. Die Sache war also noch nicht vorbei. Er musste an seinen Sohn und seine Frau denken. Zum ersten Mal fragte er sich, ob die Airline sie über die Entführung unterrichtet hatte.

»Verstanden«, sagte er. »Können wir direkt von hier aus starten?«

»Einen Moment, ich schaue nach dem Wetter«, sagte der Lotse. »Wind hundertachtzig Grad mit neun Meilen pro Stunde. Ich würde Ihnen raten, zu drehen und zur Startbahn 16L zu rollen. Aber ich überlasse Ihnen die Entscheidung. Der Flugverkehr ist komplett eingestellt.«

»Verstanden.«

George sah zu Phil.

»Was denkst du?«

»Wir sollten kein zusätzliches Risiko eingehen. Ich würde nicht mit Rückenwind starten. Lass uns wenden und zu 16L rollen.«

»Ich sehe das genauso«, sagte Ron.

»Okay«, sagte George. »Phil, könntest du die Tür schließen?«

Er nickte und stand auf.

George sah aus dem Fenster. Der Shuttlebus war nicht mehr zu sehen, und auch die mobile Treppe war abgefahren. Nur die dunkle Limousine stand noch auf dem Rollfeld.

»Zumindest haben sie nicht versucht zu stürmen.« Er startete die Triebwerke, dann drückte er die Sendetaste. »Portland Tower, wir starten von 16L.«

»Verstanden«, sagte der Lotse. »Und, George?«

»Ja?«

»Seien Sie vorsichtig.«

»Wir tun, was wir können.«

Phil betrat das Cockpit, schloss die Tür und setzte sich auf seinen Platz.

Er schnallte sich an.

»Ich wäre dann so weit«, sagte er.

George drehte sich zu Ron.

Er nickte.

»Okay, dann werden wir den Vogel mal in die Luft bringen.«

Mit den Füßen löste er die Parkbremse, die sich mit einem lauten Klacken öffnete. Er kontrollierte noch einmal die Tankanzeige, schaltete die Cockpitbeleuchtung aus und betätigte die Schalter für die Außenscheinwerfer.

Schließlich sah er nach draußen.

»Links frei«, sagte er.

»Rechts ebenfalls«, antwortete Phil.

Er gab vorsichtig etwas Schub, bis sich die Maschine in Bewegung setzte, und lenkte dann über das Bugrad Richtung Westen. Normalerweise würde er jetzt den Taxiway benutzen, aber da der komplette Flugverkehr eingestellt war, entschied er sich, direkt über die Piste zu rollen. Während sich die Boeing schaukelnd der Startposition näherte, sprach niemand ein Wort. Sicher waren die andern beiden in Gedanken bei ihren Familien. Und auch wenn niemand von ihnen darüber gesprochen hatte, war George sich sicher, dass sie ebenfalls große Angst hatten, sie nie mehr wiederzusehen.

18

24. November 1971
Northwest Orient Airlines, Flughafen Seattle

Kate und der Entführer saßen in der vorletzten Reihe nebeneinander, Kate am Fenster und er am Gang. Es war in den letzten Jahren zwar hin und wieder vorgekommen, dass sie ohne Passagiere geflogen waren, doch zumindest ihre Kolleginnen waren immer mit an Bord gewesen. Der Entführer hatte sie angewiesen, alle Lichter auszuschalten, und so saßen sie im Dunkeln, während das Flugzeug rumpelnd über die Piste holperte. Von der Leichtigkeit, mit der sich die Boeing in der Luft bewegte, war am Boden nichts zu spüren, weshalb eine ihrer Kolleginnen die Maschinen gerne mit Wildenten verglich. In einiger Entfernung konnte sie die Silhouetten parkender Jumbojets erkennen, doch im Vergleich mit einem normalen Tag war es auf dem Rollfeld gespenstisch ruhig. Noch am Nachmittag war sie davon ausgegangen, dass sie ihren Abend allein in einem Hotelzimmer verbringen würde. Jetzt saß sie immer noch im Flugzeug; allerdings mit 200.000 Dollar, vier Fallschirmen und einem

Fremden. Sie hatte keine Ahnung, wo sie sich in ein paar Stunden befinden würde. Aber das Seltsame an der ganzen Situation war, dass sie sich schon daran gewöhnt hatte. Als sie vor knapp zwanzig Minuten unter dem Rumpf der Boeing auf dem nassen Asphalt gestanden hatte, hätte sie problemlos verschwinden können. Natürlich fühlte sie sich George, Ron und Phil gegenüber verantwortlich, doch das war nicht der einzige Grund, warum sie wieder eingestiegen war. Auch wenn es verrückt klang – sie wollte unbedingt erleben, wie diese Sache ausgehen würde.

Die Maschine blieb ruckartig stehen. Sie war am Anfang der Bahn angekommen und drehte sich um ihre eigene Achse. Als sie ihre Startposition erreicht hatte und der Motor lauter wurde, schloss sie automatisch den Gurt, aber als sie nachsah, ob Dan ebenfalls angeschnallt war, fiel ihr Blick auf den Koffer.

Der Entführer sah sie an.

»Keine Sorge. Ich bin angeschnallt.«

Obwohl sie ihn im schwachen Licht kaum erkennen konnte, sah sie, dass er lächelte.

»Ich könnte schwören, dass es da draußen einige Menschen gibt, die sich gerade ziemlich ärgern«, sagte er.

»Da könnten Sie recht haben.«

Er zog seine Zigarettenschachtel aus der Hemdtasche, zündete eine an und hielt sie ihr hin. Sie nahm sie entgegen, und während er sich eine anzündete, sah sie rauchend aus dem Fenster. Das Flugzeug hatte sich in Bewegung gesetzt, und die dunkle Limousine entfernte sich immer schneller, bis sie völlig aus ihrem Blickfeld verschwand. Dann spürte sie, wie die Reifen den Boden verließen.

»Wieso kennen Sie sich so gut mit Flugzeugen aus, sind Sie Pilot?«

»Wie kommen Sie darauf, dass ich mich mit Flugzeugen auskenne?«

»Ich weiß nicht … ich hab einfach so ein Gefühl.«

Er nickte, nahm die Sonnenbrille ab und sah ebenfalls aus dem Fenster.

»Mögen Sie Ihre Arbeit?«

Er zog an seiner Zigarette.

»Früher habe ich sie geliebt«, sagte sie. »Mittlerweile bin ich mir nicht mehr ganz sicher.«

»Was würden Sie tun, wenn Sie sie nicht mehr machen müssten?«

»Wie meinen Sie das?«

Er drehte sich zu der Sitzbank mit dem Geldsack um.

»Was würden Sie tun, wenn das alles Ihnen gehören würde?«

Kate dachte nach.

»Um ehrlich zu sein, ich weiß es nicht.«

Der Entführer nickte, zog an seiner Zigarette und drückte sie im Aschenbecher der Armlehne aus.

»Ich wollte, dass Sie etwas zu essen in die Maschine bringen. Wo ist das?«

»In der Bordküche. Haben Sie Hunger?«

»Gibt es Sandwiches?«

»Ja, Truthahn und Käse«, sie drückte ebenfalls ihre Zigarette aus. »Möchten Sie welche?«

»Nicht jetzt«, sagte er. »Aber legen Sie drei von den Truthahnsandwiches zum Lösegeld. Und dann gehen Sie ins Cockpit.«

»Soll ich dem Captain irgendetwas von Ihnen ausrichten?«

Er drehte sich zum Bordtelefon um.

»Nein, ich werde ab jetzt selbst mit ihm sprechen.«

»Wissen Sie, wie das Teil funktioniert?«

»Ja.«

»Ich wusste doch, dass Sie sich mit Flugzeugen auskennen.«

»Bringen Sie Ihren Kollegen im Cockpit ebenfalls etwas zu essen.«

»Okay, soll ich dann wieder zurückkommen?«

Er schüttelte den Kopf.

»Nein. Wenn ich noch etwas brauche, melde ich mich.«

Sie nickte, stand auf und ging an ihm vorbei nach hinten. In der Bordküche öffnete sie den Kühlschrank, nahm drei Truthahnsandwiches heraus und brachte sie zu den Fallschirmen und dem Geldsack. Sie ging zurück in die Küche, nahm zwei Wasserflaschen und legte sie ebenfalls auf den Sitz. Dann packte sie fünf weitere Sandwiches aus dem Kühlschrank in eine Papiertasche und ging damit zum Entführer, der immer noch aus dem Fenster blickte.

»Gibt es noch irgendetwas, das ich für Sie tun kann?«

Er drehte sich zu ihr um.

»Nein, Kate, vielen Dank. Erst mal nicht.«

»Gut, dann gehe ich jetzt mal nach vorne.«

Er nickte.

»Tun Sie das.«

19

24. November 1971
Northwest Orient Airlines, Flug 305

»Die Sache mit den Fallschirmen macht mich irgendwie nervös«, sagte George.

»Wie meinst du das?«, fragte Phil.

»Hast du mal darüber nachgedacht, warum wir auf zehntausend Fuß fliegen sollen?«, sagte Ron von hinten.

»Nein.«

»Auf dieser Höhe kann man problemlos die Heckklappe öffnen und das Flugzeug verlassen.«

»Die Heckklappe öffnen? Ich glaube nicht, dass man das Teil im Flug einfach so aufmachen kann.«

»Kann man«, sagte George. »In den Sechzigern hat die CIA die 727 in Laos eingesetzt, um Fracht und Waffen abzuwerfen. Angeblich haben sie auch Agenten mit Fallschirmen über dem Dschungel abgesetzt. Ich weiß nicht, ob das mit den Agenten tatsächlich stimmt. Aber die Klappe kann man im Flug auf jeden Fall öffnen.«

Einen Moment schwiegen alle, dann sagte Phil: »Und was macht dich daran nervös?«

»Hast du mal gezählt, wie viele jetzt noch an Bord sind?«

Phil überlegte.

»Fünf.«

»Genau«, sagte George. »Wir sind zu fünft. Wir haben aber nur vier Fallschirme.«

»Meinst du, er will, dass wir da rausspringen?«, fragte Phil.

»Ich habe keine Ahnung, was der Typ vorhat. Aber wir haben einen Schirm zu wenig.«

Obwohl George schon darüber nachgedacht hatte, spürte er Panik in sich aufsteigen. Das Flugzeug bei diesen Bedingungen zu verlassen, wäre vollkommen verrückt. Aber ehe er den Gedanken zu Ende bringen konnte, klopfte es an der Tür. Augenblicklich drehten alle sich um. Georges Handrücken begannen zu kribbeln. Doch als Ron die Tür öffnete, stand Kate allein davor. Sie hielt eine Papiertüte in der Hand und sah die drei verwirrt an.

»Ist alles okay bei euch?«

»Okay?«, fragte George gereizt. »Ist das dein Ernst?«

»Entschuldige«, sagte sie, trat ein und schloss die Tür hinter sich. »Ich habe euch was zu essen mitgebracht.«

Sie hielt die Papiertüte hoch.

»Du glaubst doch nicht wirklich, dass jemand von uns hungrig ist.«

Sie zuckte mit den Schultern und setzte sich auf den Notsitz, der hinter George angebracht war. Im gleichen Moment kam ein Anruf aus dem Passagierraum an. George sah zu Phil, der das Blinken auf der Anzeigetafel ebenfalls bemerkt hatte.

Er atmete tief ein, dann nahm er den Anruf entgegen.

»Guten Abend, Captain«, erklang die Stimme des Entführers. Er sprach langsam und deutlich, und George suchte nach Anzeichen, die so etwas wie Aufregung verrieten, aber er blieb absolut ruhig.

»Guten Abend«, sagte George.

Er gab sich Mühe, gefasst zu wirken.

»Ich hoffe, es geht Ihnen gut.« Er hielt kurz inne, sprach dann aber, ohne eine Antwort abzuwarten, weiter. »Ich rufe an, um unsere Route ein wenig zu konkretisieren. Wie bereits erwähnt – ich will, dass Sie sich bei zehntausend Fuß einpendeln mit einer Geschwindigkeit von zweihundert Knoten. Des Weiteren möchte ich, dass Sie über Victor 23 nach Portland und von dort aus über Bakersfield bis nach Mexiko City fliegen. Während des gesamten Fluges wird Ihre Crew im Cockpit bleiben. Wenn Sie etwas wollen, melden Sie sich einfach über die Sprechanlage.«

»Hören Sie«, sagte George. »Bei einer Höhe von zehntausend Fuß können wir es unmöglich bis Mexiko City schaffen.«

»Wie wäre es mit Yuma?«

»Bei zweihundert Knoten werden wir es nicht einmal bis dahin schaffen«, sagte er. »Können Sie dranbleiben? Ich schaue auf der Karte nach einem möglichen Stopp.«

»Okay, aber beeilen Sie sich.«

George unterbrach die Verbindung und drehte sich zu Ron.

»Wie weit kommen wir mit dem Sprit, wenn wir so weiterfliegen?«

Ron blickte auf die Karte vor ihm auf dem kleinen Tisch.

»Das ist schwer zu sagen. Will er, dass wir weiterhin auf der 23 bleiben?«

George nickte.

»Wir könnten bis zur Yuba-Kreuzung südlich von Red Bluff hinunterfliegen und dann die Berge überqueren und in Reno auftanken. Aber weiter würde ich auf keinen Fall fliegen.«

George überlegte kurz, dann wandte er sich wieder an den Entführer.

»Hören Sie?«

»Ja?«

»Wir schaffen es maximal bis Reno.« Er sah auf seine Karte, die neben dem Fenster klemmte. »Von dort könnten wir es bis Yuma und dann bis Mexiko City schaffen.«

Es dauerte, bis der Entführer antwortete.

»Okay«, sagte er. »Das ist in Ordnung. Ich hätte noch ein weiteres Anliegen.«

»Und zwar?«

»Ich möchte, dass Sie hier hinten den Kabinendruck ablassen.«

»Sind Sie sicher?«

»Ja. Und das war's dann auch erst mal von mir.«

Bevor George etwas erwidern konnte, hatte der Entführer eingehängt.

Er sah aus dem Fenster in die Dunkelheit, und dann blickte er zu seinen Händen, die das Steuerhorn fest umschlossen hielten.

20

24. November 1971
Northwest Orient Airlines, Flug 305

Richard hängte den Hörer in die Gabel und sah den Gang entlang Richtung Cockpit. Im schwachen Schein der Notbeleuchtung verlor sich sein Blick irgendwo in der ersten Klasse. Er wusste, dass es unmöglich war, mit einer Tankfüllung bis Mexiko City zu kommen, aber er wollte die Crew glauben lassen, dass er tatsächlich das Land verlassen wollte. Auch wenn der Sprung alles andere als einfach werden würde, hatte er den schwierigsten Teil seiner Unternehmung überstanden. Alles, was jetzt auf ihn zukam, lag mehr oder weniger in seinen eigenen Händen.

Er trat zu der Tafel mit den Knöpfen für die Kabinenbeleuchtung und schaltete das Licht in der zweiten Klasse ein. Als seine Augen sich an die Helligkeit gewöhnt hatten, blickte er auf seine Armbanduhr. Sie zeigte 19:43 Uhr, der Start lag genau zwölf Minuten zurück. Bis sie die Gegend, wo er die Maschine verlassen wollte, erreicht hatten, blieben ihm noch circa 20 Minuten. Diesen Ablauf hatte er in den letzten Wochen immer wieder durchgespielt. Er ging zu der Reihe, in der der Koffer lag, öffnete ihn und sah hinein. Es war das erste Mal gewesen, dass er einen Sprengsatz angefertigt hatte, und er war immer noch von seiner Schlichtheit überrascht. Da er ihn nicht mehr brauchen würde, entfernte er das Kabel, das zu dem Schalter führte, und hob dann die Sperrholzplatte, auf der die Apparatur befestigt war, heraus. Dahinter befand sich ein kleiner Hohlraum, in dem er ein Jagdmesser, einen Kompass, ein paar Lederhandschuhe, ein Sturmfeuerzeug und eine Taschenlampe verstaut hatte. Er nahm die Sachen heraus, legte den Sprengsatz wieder hinein und klappte den Koffer zu. Er befestigte das Messer an seinem Gürtel und ging zu der Sitzbank, auf der die Fallschirme lagen. Er sah sich den Militärschirm genau an und überprüfte ein letztes Mal, ob er richtig gepackt war. Dann setzte er ihn auf und stellte die Gurte ein. Er hatte den NB6 bei der Army unzählige Male benutzt, und dass er dieses Modell tragen würde, deutete er als gutes Zeichen. Er nahm ihn wieder ab, stellte ihn vor die Toilettentür und ging zurück zu den anderen Fallschirmen. Zwei waren identisch, der dritte war etwas größer. Er stellte ihn vor sich auf den Boden, öffnete den Deckel und zog den zusammengefalteten Schirm heraus. Er nahm das Jagdmesser und schnitt die Leinen durch. Dann griff er nach dem Geldsack, stellte ihn daneben und begann die Zwanzigdollarbündel in den leeren Fallschirmrucksack zu packen. Als er einen Teil davon verstaut hatte, merkte er schon, dass es unmöglich war, alles in dem Rucksack unterzubekommen. Er war den Ablauf immer wieder durchgegangen, aber er hatte nie in Erwägung gezogen, dass der Platz für das Geld nicht reichen könnte.

»Scheiße«, sagte er und schüttete den Inhalt vor sich auf den Boden. Er kniete sich hin und begann die Geldbündel erneut im Rucksack zu verstauen, diesmal ordentlich nebeneinander. Er bekam einiges mehr hinein, aber trotzdem blieb ein Viertel des Lösegeldes übrig. Als er sich hinstellte und den Rucksack vor die Brust schnallte, merkte er, dass er viel schwerer war, als er erwartet hatte. Außerdem hatte er gehofft, der Platz würde reichen, um auch seinen Mantel zu verstauen. Er musste ihn also entweder zurücklassen oder mit dem restlichen Geld im Wäschesack unterbringen. Doch er hatte keine Ahnung, wie er dieses zusätzliche Paket befestigen sollte.

Er legte den Rucksack wieder ab, nahm eins von den Sandwiches, packte es aus und setzte sich. Er war immer noch nicht hungrig, aber er wusste, dass er etwas essen musste. Auf dem Brot kauend lockerte er seine Krawatte, zog sie aus und packte sie in den Koffer. Er wollte keinesfalls irgendwelche Beweismittel zurücklassen. Als er auf seine Uhr blickte, erschrak er. Bis zu der Stelle, an der er die Maschine verlassen wollte, blieben ihm nur noch knapp zehn Minuten. Er sah aus dem Fenster, doch sie befanden sich inmitten einer geschlossenen

Wolkenschicht. So, wie es aussah, musste er sich voll und ganz auf die Uhrzeit verlassen. Er konnte sein Ziel anhand der Zeit zwar abschätzen, doch bei 200 Knoten legten sie pro Minute über vier Meilen zurück, und wenn die Geschwindigkeit, mit der sie unterwegs waren, nicht exakt stimmte, würde er irgendwo anders landen. Aber auch wenn er gehofft hatte, sich aus der Luft einigermaßen orientieren zu können, bereitete ihm dieser Punkt nicht wirklich Kopfzerbrechen. Aufgrund der Jahreszeit hatte er miteinbezogen, dass er blind springen musste.

Er biss ein letztes Mal vom Sandwich ab, stand auf, nahm den Koffer und ging damit nach hinten, wo er ihn neben der Tür abstellte. Zurück bei den Fallschirmen trank er einen großen Schluck aus der Wasserflasche und verstaute die beiden anderen Sandwiches in den Taschen seines Jacketts. Er faltete seinen Mantel zusammen, stopfte ihn in den Wäschesack und band das Bündel mit einem Stück Fallschirmleine zusammen. Aber als er die beiden Rucksäcke angelegt hatte, musste er sich eingestehen, dass das Bündel zu groß war. Also nahm er die Schirme wieder ab, stellte sie vor sich auf den Boden und überlegte. Er wusste nicht, wie viele Tage er im Wald verbringen musste, und es war unmöglich, auf den Mantel zu verzichten. Er zog ihn an, obwohl er ahnte, dass er ihn beim Sprung behindern würde.

Er setzte den Militärschirm und den mit Geld gefüllten Sportfallschirm wieder auf, dann griff er nach dem Wäschesack, der mit den restlichen Zwanzigdollarbündeln gefüllt neben ihm auf einer der Sitzreihen stand. Er band ihn mit Fallschirmschnur zu einem festen Paket zusammen und befestigte ihn auf Hüfthöhe am Gurtzeug.

Richard war es gewohnt, mit schwerem Gewicht zu springen, aber die Gepäckstücke, die sie bei der Army benutzt hatten, waren perfekt aufeinander abgestimmt. Er stand im Gang und spürte sein Herz, das ihm bis zum Hals schlug. Ihm blieben noch knapp vier Minuten. Er könnte das Paket entfernen und den Mantel wieder ausziehen. Dann würde er sich zumindest ein bisschen besser bewegen können. Doch anstatt dem Impuls zu folgen, griff er nach den Lederhandschuhen und zog sie an, drehte sich um und blickte ein letztes Mal Richtung Cockpit.

Schließlich ging er nach hinten.

21

24. November 1971
Northwest Orient Airlines, Flug 305

Seit George das Gespräch mit dem Entführer beendet hatte, schwieg er. Er wirkte müde und erschöpft, und Ron und Phil machten einen nervösen Eindruck. Bis Kate das Cockpit betreten hatte, war sie zuversichtlich gewesen, aber seit sie hier saß, spürte sie eine starke Unruhe in sich aufsteigen. Wie konnte es sein, dass sie einem Mann vertraut hatte, der eine Bombe bei sich trug? Und wieso wurde sie jetzt, da sie mit ihren Kollegen zusammen war, immer nervöser? Auch wenn sie es sich nicht eingestehen wollte – am liebsten wäre sie aufgestanden und nach hinten gegangen. Irgendetwas an Dan zog sie an. Sie versuchte einen Grund zu finden, um wieder zu ihm zu gehen. Und gleichzeitig verachtete sie sich für diesen Gedanken.

Plötzlich sprang Phil erschrocken auf.

»Habt ihr das gerade gesehen?«

»Was?«, antwortete Ron.

»Da draußen war ein Kampfjet.«

»Du spinnst doch.«

»Nein«, sagte George, »ich habe ihn auch gesehen. Das Ding war so nah, dass ich sogar den Piloten mit der Sauerstoffmaske erkannt habe.«

Kate sah, wie er am Funkgerät drehte. Sie griff nach dem Headset, das neben ihr an der Bordwand hing, und setzte es auf.

»Seattle Tower, hier spricht Northwest 305, können Sie mich hören?«

Es dauerte etwas, dann meldete sich ein Mann mit einer ruhigen, dunklen Stimme.

»Ja, George. Klar und deutlich … was gibt es?«

»Wir hatten gerade Blickkontakt mit einer F-106.«

»Das ist korrekt«, sagte der Mann. »Sie werden von zwei Abfangjägern der Air Force begleitet.«

»Sind Sie völlig übergeschnappt? Was denken Sie, wird passieren, wenn unser Freund davon erfährt?«

»Wieso sollte er das?«

»Halten Sie uns wirklich für so bescheuert? Wenn wir die Maschine sehen können, kann er das auch.«

Eine andere Stimme meldete sich.

»Entschuldigen Sie bitte. Wir hätten Sie darüber unterrichten sollen.«

»Nein«, sagte George. »Sie hätten uns nicht unterrichten sollen. Sie hätten uns unterrichten MÜSSEN.«

»Es tut mir wirklich leid. Die Piloten sind eigentlich angewiesen, hinter Ihnen zu bleiben.«

»Eigentlich angewiesen …«, wiederholte George spöttisch. »Wir setzen hier unser Leben aufs Spiel. Da ist es doch nicht zu viel verlangt, dass Sie uns bei solchen Aktionen informieren. Oder irre ich mich?«

Ohne eine Antwort abzuwarten, nahm er seinen Kopfhörer ab und drehte die Lautstärke des Funkgerätes herunter.

»Diese Idioten. Ich hab die Schnauze gestrichen voll. Ich würde wirklich gern wissen, was bei denen da unten vorgeht.«

Bis vor Kurzem war die Maschine durch dichte Wolken geflogen, aber jetzt war es draußen plötzlich absolut klar, und er konnte am Boden die Lichter vereinzelter Siedlungen erkennen.

»Von wegen kooperieren. Die haben nicht vor, zu tun, was sie sagen. Wahrscheinlich werden sie die Maschine beim nächsten Stopp stürmen.«

Selbst von hier hinten konnte Kate erkennen, dass sein Kopf hochrot war. Er gestikulierte wild mit den Händen und wurde immer aufgeregter, bis Phil ihn unterbrach.

»George«, sagte er, doch der reagierte nicht.

»George«, diesmal lauter. Der Captain sah ihn gereizt an. Aber als Phil auf ein blinkendes Licht auf dem Armaturenbrett deutete, wurde es im Cockpit augenblicklich still.

Alle sahen auf das leuchtende Signal.

Kate spürte, wie Hitze in ihr aufstieg.

»Was ist das?«, fragte sie.

Doch sie bekam keine Antwort.

Zu der Hitze mischte sich Übelkeit. Konnte es sein, dass der Entführer die Bombe gezündet hatte und der Lärm der Detonation vom Geräusch der Triebwerke verschluckt worden war?

»Was bedeutet das?«, wiederholte Kate, und diesmal antwortete Ron.

»Die Heckklappe. Das ist die Anzeige für die Heckklappe. Wenn sie leuchtet, bedeutet das, dass sie geöffnet ist.«

»Was sollen wir jetzt tun?«

Es dauerte einen Moment, dann sagte George: »Ich weiß es nicht.«

Schließlich setzte er sein Headset wieder auf, drehte am Lautstärkeregler und drückte den Knopf für die Sprechanlage.

»Dan«, sagte er zaghaft. »Können Sie mich hören? Hier spricht der Captain.«

Alle sahen zu George.

Wenn Dan sich melden würde, musste er das über das Bordtelefon tun. Aber es ging kein Anruf ein.

»Ist alles in Ordnung bei Ihnen?«, sagte George.

Doch auch diesmal gab es keine Reaktion.

Er schaltete auf die interne Leitung um und drückte die Ruftaste, aber der Entführer nahm nicht ab. Also versuchte George es wieder über die Bordlautsprecher.

»Dan«, sagte er. »Ich wäre Ihnen sehr verbunden, wenn Sie sich bei mir melden würden.«

22

24. November 1971
Northwest Orient Airlines, Flug 305

Richard stand im ohrenbetäubenden Lärm der Hecktriebwerke vor der geöffneten Luke und blickte in die Nacht. Die Treppe wurde von den Luftverwirbelungen immer wieder nach oben geworfen und bewegte sich wie die Zunge eines wilden Tieres auf und ab. Er sah ein letztes Mal auf die Uhr und schaltete das Licht im Passagierraum aus. Zuerst sah er nur ein schwarzes Rechteck, aber nachdem er einen Moment nach unten gesehen hatte, konnte er vereinzelte Lichter erkennen. Zu seiner Verwunderung war es draußen vollkommen klar. Er griff nach dem Geländer und betrat die erste Stufe. Durch sein Gewicht ließ die Bewegung etwas nach, und er ging vorsichtig bis zur Mitte der Treppe. Das Heben und Senken war deutlich schwächer geworden, doch nun zerrte der Wind an ihm, und seine Augen begannen zu tränen. Laut seiner Berechnung musste er sich in etwa auf der Höhe von Silver Creek befinden. Von hier oben sahen alle Siedlungen ähnlich aus. Einen der wenigen Markierungspunkte stellten der Staudamm und das Kraftwerk am Lake Mayfield da. Wenn sie den See noch nicht überflogen hatten, würde er sich bei diesen Sichtverhältnissen gut orientieren können. Im Idealfall wollte er die Maschine in der Nähe vom Spirit Lake Highway verlassen.

Er suchte die Gegend nach der charakteristischen Beleuchtung des Sperrwerkes ab, doch er konnte sie nicht finden. Und während er nach unten blickte, schloss sich die Wolkendecke wieder. Auch wenn es unwahrscheinlich war, konnte es sein, dass sich die Sichtverhältnisse noch einmal verbessern würden. Allerdings wusste er, dass ihm nicht mehr viel Zeit blieb.

Er blickte auf seine Uhr, aber in der Dunkelheit konnte er die Ziffern kaum erkennen.

Aus dem Passagierraum war die Stimme des Captains zu hören. Sie ahnten wohl schon, dass er im Begriff war, die Maschine zu verlassen. Er blickte nach unten und ließ den Koffer, den er immer noch in der Hand hielt, los. Richard sah ihm nach, wie er in dem Nebel unter ihm verschwand. Schließlich löste er seine Hand vom Geländer. Nun stand er freihändig auf der letzten Stufe. Er dachte an den Wald, der unter ihm lag, und an den Mount St. Helens, der sich rechts neben ihm befinden musste. Seine Augen tränten, und er spürte die Feuchtigkeit durch seine Kleider dringen. Und trotzdem fühlte er sich so gut wie lange nicht mehr.

Er atmete ein letztes Mal tief ein, dann breitete er seine Arme aus und ließ sich nach vorne fallen.

Das Blut rauschte in seinen Ohren, der Wind heulte und zerrte an seiner Ausrüstung. Er konnte nichts sehen, schaffte es jedoch, seine Lage zu stabilisieren. In dieser Position konnte er den Fallschirm problemlos öffnen, doch er wollte noch etwas warten, was er im gleichen Moment bereute. Der Wäschesack, den er am Gurtzeug befestigt hatte, löste sich, blieb an der Schnur hängen, riss auf und füllte sich mit Luft. Richard wurde auf den Rücken geworfen und sah, wie die Geldbündel in der Dunkelheit verschwanden. Er versuchte sich zu drehen, doch nun blies sich auch sein Mantel auf, und Richard wurde hin und her geworfen. Den Fallschirm jetzt zu öffnen, war gefährlich, aber wenn er länger wartete, konnte es sein, dass er die Kontrolle komplett verlieren würde. Er zog an der Leine. Der Schirm öffnete sich mit einem lauten Knall, und das Gurtzeug zog sich fest um seine Beine. Die Fallgeschwindigkeit verringerte sich, und es wurde still. Doch er war immer noch schnell genug, um sich bei der Landung ernsthaft zu verletzen. Die größte Gefahr bei einem Absprung über dicht bewaldetem Gelände bestand darin, dass einem die Beine auseinandergerissen wurden. Sofort schossen ihm die Bilder der Verletzungen in den Kopf, die ihnen in der Ausbildung gezeigt worden waren.

Richard versuchte nicht weiter daran zu denken und presste mit aller Kraft seine Oberschenkel aneinander. Gleichzeitig nahm er die ersten Zweige einer Hemlocktanne wahr, die ihm im nächsten Moment ins Gesicht schlugen. Die Äste streiften seine Schulter und Beine, und er versuchte, mit den Händen Halt zu finden. Plötzlich wurde sein Fall abrupt gestoppt, für einen Augenblick hing er im Gurtzeug fest, dann hörte er, wie über ihm ein Ast brach.

Obwohl er schon einmal in einem Baum gelandet war und sich hatte losschneiden müssen, blieb ihm die Luft weg, als seine Stiefel auf den Waldboden krachten. Er fiel zur Seite und schlug mit dem Kopf gegen etwas Hartes.

Sofort verlor er das Bewusstsein.

* * *

Glauben Sie, dass er den Sprung überlebt hat?
Selbst mit sehr viel Erfahrung hätte er unter diesen Bedingungen große Probleme gehabt. Und viele der anderen Beamten waren fest davon überzeugt, dass er bei der Landung umgekommen ist. Einer der Fallschirmspezialisten, den ich zu der Sache befragt habe, meinte sogar, dass es so gut wie unmöglich gewesen wäre, unbeschadet dort runterzukommen. Als ich ihm dann erzählte, mit welchem Schirm er gesprungen ist, hat er nur noch milde gelächelt. Die Ingenieure bei Boeing sahen das genauso. Keiner von ihnen glaubte daran, dass er den Sprung überlebt haben könnte.

Und was glauben Sie?
Ich habe mich jahrzehntelang mit diesem Mann beschäftigt. Ich weiß nicht, ob er clever war oder einfach nur verrückt. Aber ich bin mir ziemlich sicher, dass er die Sache überlebt hat.

Stimmt es, dass Sie bei allen Vernehmungen anwesend waren?
Ja, das stimmt. Es gab im Laufe der Zeit über zwei Dutzend Verdächtiger. Und ich rede hier nur von

denen, die wirklich infrage kamen. Denn wenn man alle zählen würde, die irgendwann einmal auf unserer Liste gestanden haben, würden wir auf mehrere Tausend kommen. Bei fast allen, die in der engeren Auswahl waren, dachte ich zu irgendeinem Zeitpunkt, dass sie die Tat begangen haben. Vier davon landeten wegen anderer Delikte später übrigens tatsächlich im Gefängnis. Aber inzwischen glaube ich nicht mehr, dass es einer davon war.

Hat das Phantombild bei den Ermittlungen geholfen?
Ich habe alle siebenunddreißig Passagiere persönlich befragt. Die Besatzung habe ich sogar mehrmals verhört. Das Phantombild basiert zum größten Teil auf den Angaben der Stewardess, die während des Fluges neben ihm gesessen hat. Hätten wir alle Aussagen miteinbezogen, wäre unser Zeichner sicherlich übergeschnappt. Die meisten haben ihn als dunkelhaarig und schlank beschrieben, und fast alle waren sich einig, dass er einen Anzug getragen und einen Koffer dabeigehabt hatte. Aber schon bei der Größe wichen die Meinungen stark voneinander ab. Es gab Passagiere, die behaupteten, dass er höchstens einen Meter sechzig gewesen wäre, während eine der Flugbegleiterinnen angab, dass er über zwei Meter groß war. So gut wie alle haben ausgesagt, dass der Anzug schwarz oder dunkelblau gewesen wäre. Doch ein Farbenhersteller aus Idaho, der an Bord war und auf dem Weg zur Toilette mehrmals an dem

Entführer vorbeigekommen ist, hat angegeben, dass der Anzug definitiv rot gewesen ist.

Was ist mit den Sachen, die er zurückgelassen hat?
Die Krawattennadel war von JC Penney. Davon wurden Tausende verkauft. Und auch die Zigarettenkippen halfen nicht. Selbst als wir sie vor ein paar Jahren auf DNA-Spuren untersuchten.

Was ist mit der Bombe?
Sie wurde weder im Flugzeug noch bei der Suche gefunden.

Lassen Sie uns über das Geld reden. Was ist damit passiert?
Darüber habe ich mir jahrelang den Kopf zerbrochen. Bis auf die fünftausendachthundert Dollar, die der Junge am Ufer des Columbia River gefunden hat, ist davon nie wieder etwas aufgetaucht.

Also wurde auch nichts davon ausgegeben? Die Banknoten waren schließlich registriert?
Kein Mensch kontrolliert alle Zwanzigdollarscheine, die im Umlauf sind. Und wenn er nach der Tat das Land verlassen hat, hätte er das Geld sogar auf eine Bank einzahlen können. Außerdem sind Geldscheine selten länger als ein bis zwei Jahre im Umlauf.

23

24. November 1971
Northwest Orient Airlines, Flug 305

»Meinst du, er ist gesprungen?«, fragte Ron von hinten.

»Vielleicht hört er uns einfach nicht«, antwortete George. »Mit geöffneter Klappe muss es dahinten höllisch laut sein.«

Er schaltete auf die Kabinenlautsprecher um.

»Hier spricht George Adams«, sagte er. »Würden Sie sich bitte bei uns im Cockpit melden?«

Doch auch diesmal kam keine Antwort.

»Ich könnte nach ihm sehen«, sagte Kate.

»Wir sollten lieber noch abwarten«, antwortete George.

Plötzlich musste er an die Kampfjets denken, die sie begleiteten. Er stellte die Frequenz der Flugsicherung ein und fragte nach, ob die Piloten etwas beobachtet hätten. Doch da sich die Sichtverhältnisse wieder verschlechtert hatten, war den Piloten nichts aufgefallen.

»Was sollen wir jetzt tun?«, fragte George den FBI-Beamten.

»Können Sie so weiterfliegen?«

»Erst mal ja.«

»Dann tun Sie das. Halten Sie den Kurs. Und melden Sie sich, sobald es etwas Neues gibt.«

»Okay, verstanden.«

Er drehte die Lautstärke herunter und sah auf die Uhr. Es war knapp eine Viertelstunde her, seit der Entführer die Heckklappe geöffnet hatte. Sie befanden sich über Portland. Hier hatte der Spuk vor ziemlich genau vier Stunden begonnen. Normalerweise würde er jetzt mit den andern in einer Bar sitzen. Seine Kopfschmerzen hatten nachgelassen, aber er war unglaublich müde. Ron und Phil schien es genauso zu gehen, bei Kate war er sich unsicher.

»Falls er gesprungen ist«, sagte Phil, »ist die Bombe dann noch an Bord?«

George wurde flau. Die Bombe. Darüber hatte er noch gar nicht nachgedacht.

»Das ist eine sehr gute Frage«, sagte Ron. »Ich kann mir kaum vorstellen, dass er das Ding mitgenommen hat.«

George löste seinen Gurt und sah zu Phil.

»Würdest du übernehmen?«

»Was hast du vor?«

Er stand auf.

»Nachsehen, was dahinten los ist.«

»Meinst du, dass das eine gute Idee ist?«, fragte Ron.

»Keine Ahnung.«

Er ging an Ron und Kate vorbei zur Tür.

»Soll ich mitkommen?«, fragte sie.

Er schüttelte den Kopf.

»Nein, ich mache das alleine.«

Als er die Tür öffnete, musste er an seinen Sohn denken. Er hatte sich vieles anders vorgestellt, damals, als er ihn im Krankenhaus im Arm gehalten hatte. Und zum ersten Mal spürte er eine große Angst, ihn nicht wiederzusehen.

Er atmete tief ein und betrat den Passagierraum. Bis auf die Notbeleuchtung am Fußboden war es absolut dunkel. Er tastete sich an den Sitzen entlang Richtung Heck. Je näher er der zweiten Klasse kam, desto kälter wurde es. Auch das Dröhnen der Triebwerke nahm stetig zu.

Bei dem Durchgang, der die beiden Klassen voneinander trennte, blieb er stehen. Seine Augen hatten sich an die schlechten Lichtverhältnisse gewöhnt. Doch bis auf die dunklen Umrisse der Sitzreihen und die schwachen Lichter auf dem Fußboden konnte er nichts erkennen.

»Hallo, hier ist der Captain. Ich wollte nachsehen, ob bei Ihnen alles in Ordnung ist.«

Als sich nichts tat, ging er ein Stück weiter.

»Dan, können Sie mich hören?«

Auf der Höhe der Notausgänge angekommen konnte er die geöffnete Heckklappe erkennen. Die Treppe war heruntergelassen, aber sie war nicht eingerastet und bewegte sich auf und ab. Jedes Mal, wenn sie sich senkte, schlug sie irgendwo an.

»Sind Sie noch hier?«

Er hielt inne, dann ging er ein paar Reihen weiter. Kurz vor der Toilette sah er zwei Fallschirme nebeneinander auf den Sitzen.

Falls der Entführer noch an Bord war, musste er auf der Toilette sein. George ging bis zur Tür und klopfte. Doch selbst wenn er antworten würde, könnte George ihn nicht hören. Das dunkle Donnern der Turbinen begrub sämtlich Geräusche.

Er griff nach dem Türknauf und drehte ihn. Mit zitternden Händen öffnete er die Toilette und sah hinein. Der kleine Raum war leer.

Er musste gesprungen sein.

George schloss die Tür und drehte sich zum Heck. Die Luke war höchstens noch zwei Meter von ihm entfernt. Er fror, und der Luftstrom zerzauste ihm die Haare.

Er musste einfach wissen, wie es war, hinunterzublicken.

Er hangelte sich von der kleinen Küchenzeile zu den Notsitzen, wo er einen Augenblick verweilte. Schließlich drehte er sich zur Seite, umfasste den Haltegriff des Ausgangs und zog sich hoch. Nun stand er direkt an der Türschwelle und sah an der Treppe vorbei nach draußen.

24

24. November 1971
Clark County, Washington

Das Erste, was Richard spürte, war ein stechender Schmerz in seinem linken Bein. Instinktiv griff er nach dem Gurtzeug des Fallschirms, öffnete den Verschluss, richtete sich auf und nahm den vorderen Rucksack ab. Als er ihn anhob, um ihn neben sich auf den Waldboden zu stellen, merkte er, dass er sehr leicht war. Er streifte die hinteren Gurte ab, öffnete den Reißverschluss seines Mantels und suchte in der Tasche seines Jacketts nach der Taschenlampe. Er nahm sie heraus, schaltete sie ein und leuchtete die Umgebung aus. Die Bäume standen dicht beieinander, und der Boden war mit mächtigen Farnen bewachsen. Ein paar Meter neben ihm erkannte er den Fallschirm, der sich in den Ästen der Tannen verfangen hatte. Das Grün und die Feuchtigkeit ließen ihn an den Dschungel denken. Er schob die Gedanken beiseite und leuchtete auf sein Bein. Auf Höhe seines Unterschenkels hatte sich ein dunkler Fleck gebildet, und sein Fuß war unnatürlich weit nach außen verdreht. Er hatte in Vietnam unzählige Verletzungen gesehen, und auch ohne die Stelle zu betasten, wusste er, dass sein Bein gebrochen war.

Er griff nach dem Rucksack mit dem Lösegeld, öffnete ihn und leuchtete hinein. Der Wind musste die untere Klappe aufgerissen haben. Bis auf ein knappes Dutzend Geldbündel, die sich zwischen den Laschen für die Leinen verfangen hatten, war der Rucksack leer. Fluchend warf er ihn neben sich auf den Boden, atmete tief ein und betastete vorsichtig sein Bein. Durch den Stoff konnte er den Knochen spüren. Er klemmte die Taschenlampe zwischen die Zähne und krempelte die Anzughose hoch. Als er die blutgetränkte Thermo-Unterhose über die Stelle schob, an der er den Bruch vermutete, schoss ein greller, spitzer Schmerz durch seinen Körper. Richard fiel auf den Rücken und versuchte sich mit geschlossenen Augen auf seinen Atem zu konzentrieren. Nach ein paar Sekunden ließ der Schmerz tatsächlich etwas nach. Er öffnete die Augen und betrachtete die Rinde eines Baumes, die von der Taschenlampe neben ihm angeleuchtet wurde. Er setzte sich auf und atmete tief ein und wieder aus. Schließlich stützte er sich mit beiden Händen auf dem feuchten Waldboden ab und bewegte sich rückwärts Richtung Baum. Der Stamm war höchstens einen Meter entfernt, aber es schien endlos zu dauern, bis er sich mit dem Rücken dagegenlehnen konnte. Er hielt inne, dann griff er nach der Taschenlampe und richtete den Strahl auf sein Bein. Der Knochen war oberhalb des Stiefels aus der Haut ausgetreten. Die Wunde blutete stark, war aber kleiner, als er vermutet hatte. Er tastete nach dem Tablettenröhrchen, das er für einen solchen Fall mitgenommen hatte, fand es in der Brusttasche und nahm es heraus. Er zog die Handschuhe aus, schraubte den Deckel ab, schüttete sich drei Tabletten in den Mund und schluckte sie trocken herunter. Dann steckte er das Röhrchen wieder in die Tasche.

Während er versuchte, sich auf seinen Atem zu konzentrieren, leuchtete er die Umgebung ab. Bevor er die Wunde verbinden konnte, musste er das Bein richten. Sein Blick fiel auf einen umgestürzten Baum, der etwa drei Meter neben ihm lag.

Damit konnte es funktionieren.

Er stützte sich mit beiden Händen auf der feuchten Erde ab, hob sein Gesäß an und schob sich mit dem gesunden Bein rückwärts in Richtung des Baumstamms. Er kam nur sehr mühsam voran, und jedes Mal, wenn er sich bewegte, wurde sein Körper von Schmerzen geschüttelt. Mehrmals musste er eine Pause einlegen, aber am Ende erreichte er sein Ziel. Er nahm die Taschenlampe aus dem Mund, legte sie neben sich auf dem Boden ab und tastete in seinem Jackett nach den Zigaretten.

Der umgestürzte Baum lag direkt unter seinem Fallschirm, und während er rauchte und den Stamm nach einer geeigneten Astgabel absuchte, begannen die Tabletten zu wirken. Er nahm einen letzten Zug, drückte die Kippe auf dem Waldboden aus und richtete sich auf.

Auf einem Bein hüpfend erreichte er den Schirm. Er hatte sich mit den Leinen in den Ästen verfangen, aber nachdem Richard einige mit dem Jagdmesser durchtrennt hatte, gelang es ihm, den Fallschirm zu befreien.

Als er wieder neben dem Baumstamm saß, schnitt er mehrere Streifen aus dem Stoff, legte diese zusammen und steckte sie mit einigen Leinenstücken in seine Manteltasche. Er blickte zu seinem Bein, das immer noch blutete, umfasste es mit beiden Händen am Knöchel und legte es vorsichtig in die Astgabel. Er leuchtete seine Umgebung ab und fand einen daumendicken, etwa zwanzig Zentimeter langen Stock. Er nahm ihn in die Hand, legte sich auf den Rücken und schloss die Augen. Dann platzierte er seinen gesunden Fuß auf einem anderen Ast, nahm den Stock zwischen die Zähne und stieß sich mit aller Kraft ab.

Der Schmerz erwischte ihn wie ein Schlag mit einem Baseballschläger. Er war zuerst dumpf und tief und wurde dann spitz und kreischend. Richard schmeckte modriges Holz, Erde und Blut und verlor das Bewusstsein. Als er wieder zu sich kam, schlug der Schmerz in Wut um. In Wut auf Nixon und den Krieg. In Wut auf die Hippies und die Friedensbewegung.

In Wut auf sich selbst.

Warum zur Hölle hatte er sich freiwillig bei der Army gemeldet. Und wie hatte er glauben können, dass sein Vorhaben wirklich gelingen würde?

»Okay«, sagte George und ging an ihm vorbei zu seinem Platz. »Dann bleibe ich hier vorne bei Phil.«

Kate ging voran. In der ersten Klasse war es dunkel, aber in der Economy Class war die Beleuchtung eingeschaltet. Je näher sie dem Heck kamen, desto kälter wurde es. Und Kate konnte das Donnern der Turbinen in jeder Faser spüren.

Als sie das hintere Drittel des Passagierraums erreicht hatte, blieb sie stehen und blickte durch die geöffnete Klappe in die Dunkelheit.

Man musste vollkommen verrückt sein, um hier hinauszuspringen. Gleichzeitig empfand sie so etwas wie Bewunderung für den Entführer.

Sie drehte sich zu Ron um, der direkt hinter ihr war.

»Können wir da hinausgesaugt werden?«

»Nein, nicht auf dieser Höhe und bei dieser Geschwindigkeit«, sagte er und sah an ihr vorbei nach hinten.

Kate drehte sich um und ging Schritt für Schritt in Richtung Treppe, die sich bedrohlich auf und ab bewegte. Als sie an der Toilettentür vorbeikam, musste sie daran denken, wie sie in Seattle die Säcke mit dem Lösegeld in die Maschine getragen hatte. Es stimmte, sie war von dem Mann fasziniert gewesen. Trotzdem konnte sie nicht fassen, was Phil gerade gesagt hatte. Sie hatte noch nie Probleme mit ihm gehabt, aber sie ahnte schon länger, was er von ihr hielt. Und er hatte nie einen Hehl daraus gemacht, dass die ganzen Hippies seiner Meinung nach nichts als verwöhnte Mittelklassekinder waren, die ein paar Tage Urlaub an der Front ganz gut vertragen könnten.

Kate war bei den Notsitzen angekommen und nur noch einen knappen Meter von der Tür entfernt. Der Wind zerrte an ihrer Uniform, der Lärm der Triebwerke war kaum auszuhalten, und sie fror. Sie hatte den Hebel fast erreicht, aber um ihn zu bedienen, musste sie den Sitz loslassen.

Sie drehte sich erneut zu Ron.

»Bist du dir wirklich sicher, dass wir da nicht hinausgesaugt werden?«

»Was?«, schrie Ron. »Du musst lauter reden.«

»Ob du dir sicher bist …«, sie deutete auf die Luke, »… dass nichts passieren kann.«

Er nickte. »Ja, bin ich.«

Kate ließ die Lehne los und blieb in dem eisigen Luftzug stehen. Es war vollkommen absurd, was hier gerade vor sich ging.

Obwohl sie Angst – fast schon Panik – hatte, fühlte sie sich so lebendig wie lange nicht mehr. Sie dachte daran, wie es gewesen war, zum ersten Mal auf einem Pferd zu sitzen. Sie spürte das dumpfe Hämmern der Hufe auf dem trockenen Boden, die sanften, schaukelnden Bewegungen im Galopp. Sie spürte das Adrenalin, den Wind, und dann merkte sie, wie sich die Angst in Zuversicht verwandelte.

Sie schaute durch die offene Luke nach draußen und fragte sich, warum dieses kleine, mutige Mädchen eigentlich verschwunden war.

26

24. November 1971
Clark County, Washington

Richard saß auf dem Waldboden und betrachtete im Schein der Taschenlampe sein Bein. Die Blutung hatte nachgelassen, und der Knochen war nicht mehr zu sehen. Doch die Schmerzen waren kaum zu ertragen.

Er dachte an die Tabletten. Noch hatte er genug davon, und er war sich sicher, dass sie die Schmerzen vertreiben würden. Aber zu viel von dem Hydrocodon würde seine Wahrnehmung trüben. Außerdem wusste er nicht, wie viele Tage er noch hier draußen verbringen musste.

Er ärgerte sich, dass er kein Wasserstoffperoxid eingepackt hatte. Selbst eine kleine Menge würde ihm jetzt helfen. Ohne ein geeignetes Desinfektionsmittel war es nur eine Frage der Zeit, bis das Bein sich entzündete.

Er begann damit, die Wunde zu verbinden. Zuerst versorgte er die Stelle, an der der Knochen aus dem Bein ausgetreten war. Dann suchte er nach zwei Stöcken, mit denen er den Unterschenkel schienen konnte.

Als er fertig war, erhob er sich vorsichtig, setzte sich auf den Baumstamm und blickte auf die Uhr. Seit er die Maschine verlassen hatte, war schon über eine Stunde vergangen. Wahrscheinlich hatte es eine Weile gedauert, bis die Besatzung gemerkt hatte, dass er gesprungen war. Trotzdem glaubte er, dass sie die Gegend ziemlich genau eingrenzen konnten. Mit der Suche würden sie vermutlich erst am nächsten Morgen beginnen. Doch er verwarf den Gedanken, ein Feuer zu machen, und begann damit, sein Lager für die Nacht vorzubereiten. Er faltete den Schirm auf die Größe einer Matratze zusammen und legte ihn im Schutz des Baumstamms auf den Waldboden. Dann nahm er seine Zigarettenschachtel aus der Manteltasche und blickte hinein. Er hatte sie kurz vor dem Absprung geöffnet, und noch war sie fast voll. Doch sie würden nicht reichen. Als er sein Feuerzeug anzündete und zur Zigarette führen wollte, fiel sein Blick auf ein kleines grünes Bündel, das vor seinen Füßen lag. Er klappte das Zippo-Feuerzeug zu, steckte die Zigarette zurück in die Schachtel, griff nach der Taschenlampe und schaltete sie ein. Er hatte sich nicht getäuscht. Vor ihm lag eins von den Geldbündeln. Er hob es auf, ließ die Scheine durch seine Finger gleiten und richtete den Strahl der Taschenlampe nach oben. Er saß in etwa unter der Stelle, an der er durch das Geäst gebrochen war. Er ließ das Licht der Taschenlampe über den feuchten Boden streichen. Zuerst sah er nur modriges Holz, Tannennadeln, Farne und junge

Sprösslinge. Aber dann fiel ihm ein weiteres Bündel auf. Und schließlich noch eins.

Vielleicht war der Packsack doch erst bei der Landung aufgerissen worden.

Vielleicht hatte er diesmal zumindest ein bisschen Glück gehabt.

Richard nahm die Taschenlampe in den Mund und richtete sich auf. Als er stand, verlagerte er etwas Gewicht auf das gebrochene Bein. Die Schiene machte einen stabilen Eindruck. Es würde nicht einfach werden, aber nach ein paar Stunden Schlaf und mit einem Stock würde er am nächsten Morgen aufbrechen können.

Er nahm die Taschenlampe wieder in die Hand, hielt sich mit der anderen am Ast eines Baumes fest und humpelte Stück für Stück in Richtung Geld.

27

24. November 1971
Northwest Orient Airlines, Flug 305

Während Ron und Kate versuchten, die Heckluke zu schließen, steuerte George die Boeing Richtung Süden. Sie befanden sich in Nordkalifornien, irgendwo zwischen Yreka und Red Bluff. Bis nach Reno blieben ihnen höchstens noch dreißig Minuten, aber auch wenn genug Kerosin in den Tanks war, um dort eine Weile zu kreisen, glaubte er nicht mehr daran, dass die beiden die Treppe noch einholen konnten. Sie wurden von zwei weiteren Abfangjägern begleitet. Und die Air Force hatte von Hamilton aus ein Rettungsflugzeug zu ihnen entsandt. Doch bis zur Landung waren sie auf sich selbst gestellt.

George blickte zum Funkgerät, schaltete auf das Bordtelefon um und drückte die Ruftaste.

Kurz darauf meldete sich Ron.

»Wie sieht es aus?«, fragte Georg.

»Nicht gut«, antwortete er. »Wir bekommen die Luke nicht zu.«

George lauschte dem Rauschen in der Leitung. Er

hatte gewusst, was Ron antworten würde, und trotzdem hatte er das Gegenteil gehofft.

»Hast du mich verstanden?«, fragte Ron.

»Ja«, sagte er. »Habe ich.«

»Wenn du möchtest, versuchen wir es noch einmal, aber ...«

»Nein«, unterbrach ihn George, »kommt nach vorne.«

Zum ersten Mal, seit er wieder im Cockpit saß, musste er an den Entführer denken. Er konnte sich an keinen Fall erinnern, in dem jemand ein Verkehrsflugzeug mit einem Fallschirm verlassen hatte. Das FBI fahndete sicher schon nach ihm. Aber die Gegend, in der der Entführer gelandet sein musste, war dicht bewaldet und nur dünn besiedelt. Die Beamten könnten also frühestens im Laufe des nächsten Tages mit der Suche beginnen.

Das Funkgerät rauschte, dann hörte George die Stimme des Beamten der Flugsicherung. Seit klar war, dass der Entführer abgesprungen war, schien sich das FBI nicht mehr für sie zu interessieren.

»Gibt es etwas Neues?«

»Ja«, sagte George. »Allerdings nichts Gutes. So, wie es aussieht, bekommen wir die Luke nicht zu.«

»Das haben wir vermutet. Wir haben unterdessen mit einem Boeing-Ingenieur gesprochen.«

»Hat dieser Ingenieur Ihnen zufällig gesagt, ob man mit ausgefahrener Treppe landen kann?«

»Nein«, sagte er. »Nicht mit Sicherheit.«

»Was bedeutet das?«

»Dass niemand es bisher versucht hat und wir nicht wissen, was passiert, wenn Sie so landen.«

Stille kehrte ein, dann meldete sich der Mitarbeiter der Flugsicherung erneut.

»Sie können wirklich sicher sein, dass wir hier unten alles tun, was möglich ist.«

Bei einem normalen Anflug würde die ausgefahrene Treppe zuerst aufsetzen, was zur Folge hätte, dass die Maschine nach vorne kippen und mit enormer Wucht auf das Fahrwerk krachen könnte. Im besten Fall würden nur die Vorderreifen platzen, aber wenn es schlecht lief, würde das gesamte Fahrwerk abreißen. Und das würde mit großer Wahrscheinlichkeit dafür sorgen, dass die Boeing in Flammen aufginge.

Die Cockpittür öffnete sich, und Ron und Kate kamen herein. Während Kate hinter ihm Platz nahm, blieb Ron im Durchgang zum Passagierraum stehen und sah durch die beiden Frontfenster nach draußen. Es hatte aufgeklart, und trotz der Dunkelheit konnte man im Mondlicht die schneebedeckten Gipfel sehen, die sie demnächst passieren würden.

Er blickte auf den Höhenmesser. Sie befanden sich nach wie vor auf 10.000 Fuß. Um die Gebirgskette Richtung Reno zu überfliegen, mussten sie auf mindestens 12.000 Fuß ansteigen.

George spürte, wie die Kälte aus dem Passagierraum ins Cockpit kroch.

»Ron«, sagte er gereizt. »Bitte mach die Tür zu und setz dich.«

Er stellte die Heizung höher, gab etwas mehr Schub und beobachtete, wie die Nadel im Variometer nach oben kletterte. Sie waren in etwa auf der Höhe des Tahoe National Forrest, und in der Ferne konnte man die Lichter von Reno erkennen. Auch hier war der Flugverkehr weitgehend eingestellt worden. George stellte sich die Feuerwehrmänner vor, die am Rande des Rollfeldes in ihren Fahrzeugen auf ihre Ankunft warteten.

»Meinst du, wir kriegen die Maschine runter?«, fragte Kate von hinten.

»Ja, die Frage ist nur, wie.«

George griff zum Funkgerät und stellte die Frequenz des Anfluglotsen ein.

»Reno-Tahoe International Airport«, sagte er. »Hier spricht Northwest Flug 305. Wir haben Sichtkontakt zum Flughafen.«

»Verstanden, 305«, antwortete der Lotse. »Wie ist Ihre genaue Position?«

George blickte auf die Anzeige unter dem künstlichen Horizont, um die Entfernung zum Funkfeuer des Flughafens zu kontrollieren.

»Zweihundertachtzig Grad, Entfernung einundvierzig Meilen«, sagte er. »Wir befinden uns auf zwölftausend Fuß und leiten demnächst den Sinkflug ein.«

»Verstanden.«

»Könnten Sie mir die Wetterdaten mitteilen?«

»Wind aus Nord mit fünfzehn Meilen pro Stunde. Frei zum Sichtanflug auf die Piste 34.«

»Roger.«

Nachdem sie die Gebirgskette überflogen hatten, stellte George den Autopiloten auf 7.000 Fuß ein und reduzierte den Schub.

Dann wandte er sich Ron und Phil zu.

»Eine normale Landung wird so nicht funktionieren«, sagte er. »Die einzige Möglichkeit, nicht mit der Treppe aufzusetzen, ist ein flacherer Anstellwinkel.«

»Selbst mit komplett ausgefahrenen Klappen wird das kaum möglich sein«, sagte Phil.

»Doch, allerdings müssen wir dafür um einiges schneller fliegen.«

»Ich weiß nicht«, sagte Ron. »Damit das funktioniert, bräuchten wir einen ziemlich langen Bremsweg.«

»Ja, das wird sicher eng werden. Aber ich sehe keine Alternative.« George sah die beiden nacheinander an. »Wenn jemand von euch eine andere Idee hat – raus damit.«

»Vielleicht versuchen wir das mit der Treppe doch noch einmal?«, sagte Phil.

»Dann geh nach hinten und probier es aus«, sagte Kate. »Du kannst Ron und mir aber auch einfach vertrauen.«

»Ich dachte ja nur.«

»Sie hat recht«, sagte Ron. »Es gibt keine Chance, die Treppe einzuholen.«

Während die anderen schwiegen, sah George auf den Höhenmesser. Sie waren auf knapp 7.500

Fuß. Reno lag direkt vor ihnen, und die Landebahn des Flughafens war klar und deutlich zu erkennen.

»Ihr habt also nichts einzuwenden?«

»Nein«, sagte Kate.

»Wir haben wohl keine Alternative«, sagte Ron.

George sah zu Phil, der nach draußen blickte und still nickte.

Bis zum Aufsetzen blieben ihnen nur noch wenige Minuten. Wenn sein Plan aufgehen würde, wären sie dann endlich in Sicherheit, wenn nicht, war alles offen. George hatte in den letzten Jahren oft darüber nachgedacht, wie und wann sein Leben enden würde. Seltsamerweise hatte er einen Absturz mit dem Flugzeug nie in Erwägung gezogen. Aber er hatte heute Morgen auch nicht damit gerechnet, dass dieser Tag ihn nach Reno führen würde.

Er dachte an seinen Garten, den er manchmal, wenn er nachts nicht schlafen konnte, aus dem Küchenfenster betrachtete.

28

24. November 1971
Clark County, Washington

Richard steckte das letzte Bündel in seinen Mantel und blickte sich noch einmal um. Er hatte über eine Stunde, auf einen Stock gestützt, die Umgebung abgesucht. Jetzt war er völlig erschöpft und stand mit vollen Taschen zwischen platt getretenen Farnen. Sein Lager mit dem zusammengefalteten Fallschirm war kaum mehr als fünf Meter von ihm entfernt. Aber er spürte, dass es nicht einfach werden würde, diese Strecke zurückzulegen. Die Freude, doch nicht alles verloren zu haben, wich einer unbestimmten Angst.

Er atmete tief ein, stützte sich auf den Stock und bewegte sich so langsam Richtung Fallschirm. Doch als er zwei Schritte hinter sich gebracht hatte, fing sein gesundes Bein an zu zittern. Er hatte sich vollkommen verausgabt, und sein Körper verlangte nach einer Pause. Aber wenn er sich jetzt hinsetzte, würde er mit Sicherheit nicht mehr hochkommen.

Er blieb stehen und sah sich um. Etwa eine Armlänge von ihm entfernt entdeckte er einen moosbewachsenen Ast, der bis zu seinem Lager reichte. Er schaltete die Taschenlampe aus und steckte sie in den Hosenbund. Dann sog er die feuchte Luft ein und ging einen Schritt weiter. Er spürte, wie sein Bein nachgab, doch bevor es einknickte, erreichte er den Ast und hielt sich daran fest. Schließlich nahm er all seine Kraft zusammen und hangelte sich bis zu seinem Lager, wo er sich auf den Boden sinken ließ.

Er war durstig, hatte aber nichts zu trinken, und trotz der Kälte schwitzte er. Mit dem Rücken an den Baumstamm gelehnt blieb er in der Dunkelheit sitzen, aus der sich die schwarzen Silhouetten der Bäume lösten. Er tastete nach dem Sandwich, nahm einen Bissen und packte es wieder in die Serviette. Er griff nach der Taschenlampe im Hosenbund, schaltete sie ein und legte sie neben sich auf den Boden. Dann begann er die Geldbündel vor sich auf dem Fallschirm zu ordnen und zählte sie. Zusammen mit denen, die er im Fallschirmrucksack gefunden hatte, waren es zwanzig. Wenn alle Bündel vollzählig waren, mussten es insgesamt 40.000 Dollar sein. Das war gerade einmal ein Fünftel seiner Beute. Trotzdem hatte er noch nie so viel Geld auf einmal gesehen, geschweige denn besessen. Die kleine Farm seiner Eltern war mitsamt den Tieren für gut ein Viertel dieses Betrages verkauft worden. Und diese Farm war alles gewesen, was sein Vater nach seinem Tod hinterlassen hatte.

Richard nahm eines der Bündel in die Hand und betrachtete es im schwachen Licht der Taschenlampe. Andrew Jacksons Gesicht und ein Großteil des Weißen Hauses wurden von der Banderole verdeckt, aber die Noten waren eindeutig zu erkennen. Die Bündel waren dünner, als er erwartet hatte. Dass jedes davon 2.000 Dollar enthielt, war kaum zu glauben. Um sich zu vergewissern, ließ er die Scheine wie ein Daumenkino über seine Finger gleiten.

Er hatte einen wesentlichen Teil des Geldes verloren, er wusste nicht, wo er war, und er hatte sich das Bein gebrochen. Aber das, was vor ihm lag, war dennoch ausreichend, um irgendwo neu anzufangen.

Richard dachte an den Morgen im Motel, an die Fahrt zum Flughafen, die Geldübergabe in Seattle und den Absprung. Bis auf die Landung im Wald war alles so gelaufen, wie er gehofft hatte. Ohne Zweifel, es würde nicht einfach werden, von hier aus zurück nach Portland zu gelangen. Und natürlich war nicht auszuschließen, dass die Suchtrupps am nächsten Morgen in seiner Nähe den Wald durchkämmen würden. Dennoch war er seinem Ziel ein großes Stück näher gerückt.

Er öffnete den Fallschirmrucksack, packte die Geldbündel hinein und griff nach dem Tablettenröhrchen. Seit er hier saß, hatten die Schmerzen im Bein etwas nachgelassen. Aber er hatte Angst, dass sie in der Nacht zurückkommen würden. Wenn er morgen von hier wegwollte, musste er ausgeschlafen sein. Er schüttete sich drei Tabletten auf die Handfläche, nahm sie in den Mund und schluckte sie herunter. Um den bitteren Geschmack zu vertreiben, zündete er sich eine Zigarette an und blickte auf die Uhr. Er hatte seit ungefähr drei Stunden nichts mehr getrunken, und noch war sein Durst auszuhalten. Während er rauchte, tastete er mit den Händen die Fallschirmseide ab. Sie war schon ziemlich feucht. Spätestens am nächsten Morgen würden sich hier und da ein paar kleine Pfützen bilden.

Richard zog ein letztes Mal an der Zigarette. Während er langsam den Rauch ausblies, drückte er sie hinter sich auf dem Baumstamm aus.

Er blieb noch einen Moment so sitzen, dann schlug er den Fallschirm zurück, legte sich zwischen die Bahnen und schaltete die Taschenlampe aus.

29

24. November 1971
Northwest Orient Airlines, Flug 305

Kate saß auf dem Notsitz und sah zwischen George und Phil zur Landebahn, der sie sich sehr schnell näherten. Ron blickte ebenfalls aus der Frontscheibe. Seit George über Funk angekündigt hatte, dass sie gleich aufsetzen würden, hatte niemand im Cockpit gesprochen.

Es war nicht das erste Mal, dass ihr eine holprige Landung bevorstand. Erst vor einem halben Jahr hatten sie einen Flug aufgrund eines Motorschadens abbrechen müssen. Aber obwohl sie mit verminderter Leistung angeflogen waren, hatte sie vor der Landung keine Angst gehabt.

Diesmal war es anders, und das lag vor allem daran, dass alle sehr angespannt waren.

Kate sah zu Ron, der wie versteinert wirkte, und ließ den Blick dann zu George wandern. Sein Hemdkragen hatte sich durch den Schweiß dunkel verfärbt, er hatte seine Schultern hochgezogen und schien am ganzen Körper zu zittern. Phil hingegen wirkte vollkommen apathisch. Und er war der Einzige von ihnen, der trotz der bevorstehenden Landung nicht nach draußen sah.

»Fünfhundert Meter bis zum Aufsetzen«, sagte George, während die weiße Vierunddreißig, die die Landebahn markierte, immer größer wurde.

»Vierhundert ... dreihundert.«

Kate konnte die Silhouetten der Beamten im Kontrollturm erkennen, die Feuerwehrwagen, die rechts und links auf dem Rollfeld parkten und deren Scheinwerfer sich in den großen Fensterscheiben des Terminals spiegelten.

»Zweihundert ... einhundert.«

Irgendetwas im Cockpit begann zu piepen.

»O Gott ... Allmächtiger«, schrie George, als die Maschine mit einem lauten Krachen auf dem Asphalt aufsetzte und sich schlingernd und bedrohlich schnell dem linken Landebahnrand näherte. Sie hatten die Bahn schon fast verlassen, als das Flugzeug sich plötzlich wieder drehte und nun, quer zur Mittellinie, auf die rechten Begrenzungsleuchten zuschlitterte.

Doch Kate spürte, dass die Boeing deutlich an Geschwindigkeit verlor. Und obwohl alles schepperte und vibrierte, merkte sie, wie ihre Angst langsam nachließ.

Im nächsten Moment war es schlagartig still.

George und Ron atmeten schnaufend aus, während Phil ein kindlich klingendes Stöhnen von sich gab.

Er sah nach wie vor nicht nach draußen.

»Northwest 305, können Sie mich hören?«, erklang eine Stimme aus den Kopfhörern, die Kate immer noch aufhatte.

George musste den Funkspruch ebenfalls gehört haben, aber er machte keine Anstalten, zu antworten.

»Northwest 305«, meldete sich die Stimme erneut. »Ist alles in Ordnung bei Ihnen?«

George, der das Steuerhorn immer noch mit beiden Händen fest umklammerte, sah sich um. Dann wandte er den Blick wieder nach vorne, wo mittlerweile ein halbes Dutzend Fahrzeuge stand. Kate erkannte zwei Trucks der Flughafenfeuerwehr und mehrere dunkle Limousinen.

»Ja«, sagte George. »Bei uns ist so weit alles okay.«

»Das ist gut«, die Stimme klang erleichtert. »So, wie es aussieht, ist bei der Landung einer der vorderen Reifen geplatzt, und die Treppe hat für mächtig Funkenflug gesorgt.«

Kate schloss die Augen und versuchte sich vorzustellen, wie die Landung vom Kontrollturm aus ausgesehen haben musste. Doch bevor sie das Bild heraufbeschwören konnte, durchbrach George die Stille erneut.

»Was zur Hölle war das gerade?«, schrie er.

Kate öffnete die Augen und sah, wie er sich mit hochrotem Kopf Richtung Phil beugte.

»Warum sitzen deiner Meinung nach zwei Piloten in einem Cockpit?«

»Ich … es …«, stammelte Phil.

»Ganz genau, damit es, wenn es ernst wird, keine Probleme gibt.«

»Es tut mir …«

»Scheiße«, unterbrach er ihn. »Es tut mir auch leid.«

Er ließ sich zurück in den Sitz fallen, nahm den Kopfhörer ab und strich sich durch die Haare.

Vor ihnen auf der Landebahn kamen immer mehr Fahrzeuge an, und aus dem Passagierraum waren schwere Schritte zu hören. Kurz darauf öffnete sich die Cockpittür, und zwei Uniformierte mit Maschinenpistolen blickten herein.

»Die Kavallerie«, sagte George spöttisch. »Stets da, wenn man sie braucht.«

Er stand auf, richtete seine Krawatte, nahm Pilotenkoffer und Jacke und ging zur Tür, die von den Polizisten versperrt wurde.

»Wenn ihr etwas Sinnvolles tun wollt«, sagte er trocken, »dann geht jetzt zur Seite.«

Die Männer gehorchten, und George ging an ihnen vorbei.

Kate hörte, wie seine Schritte langsam leiser wurden.

»Ist alles okay bei Ihnen?«, fragte einer der Polizisten unsicher.

»Ja«, sagte Ron. »Ja, ich denke schon.«

Er war ebenfalls aufgestanden, hielt Jacke und Koffer in den Händen und blickte zu Kate.

»Wollen wir?«, fragte er.

Sie nickte.

Mit einer Handbewegung bot er ihr den Vortritt an, sie stand auf und ging ebenfalls an den Beamten vorbei.

Die Beleuchtung im Passagierraum war ausgeschaltet, aber durch die Fenster fiel etwas Licht. Als sie bei den Fallschirmen ankam, blieb sie stehen. Zwei davon waren noch da. Der dritte lag ausgebreitet über einem der Sitze.

Sie nahm ihren Koffer aus dem Fach neben den Notsitzen, zog ihre Jacke an und ging zur Heckluke. Erstaunlicherweise war die Treppe nicht schwer beschädigt.

Sie sah einen Flughafenarbeiter von unten zu ihr hinaufblicken. Er war höchstens zwanzig, trug eine Wollmütze und einen Arbeitsoverall.

»Kommen Sie, Ma'am, die Treppe ist in Ordnung.«

Um seine Aussage zu unterstreichen, rüttelte er am Geländer.

Sie wollte unbedingt hinaus, und trotzdem sträubte sich etwas in ihr. Sie ahnte, dass die Welt, in die sie zurückkehren würde, nicht mehr die gleiche war wie zuvor.

»Ist alles in Ordnung?«, hörte sie Ron von hinten.

»Ich weiß nicht«, sagte sie. »Um ehrlich zu sein, habe ich keine Ahnung.«

Sie drehte sich zu ihm um.

Ron nickte.

»Mir geht es genauso. Aber ich schätze, wir müssen da jetzt raus.«

Er lächelte sie an.

»Ich brauche eine Dusche, und ich möchte mit meiner Frau sprechen.«

Kate lächelte zurück. Dann drehte sie sich um.

Vor der Treppe hatten sich weitere Personen versammelt. Sie erkannte einen Polizisten, zwei Sanitäter und einige Flughafenarbeiter.

Sie hielt ihre Jacke zusammen, griff nach dem Geländer und ging Stufe für Stufe hinunter.

»Darf ich Ihnen Ihre Tasche abnehmen?«, fragte der Mitarbeiter, der kurz zuvor an der Treppe gerüttelt hatte.

»Ja«, sagte sie. »Das wäre nett.«

Er nahm sie entgegen, dann deutete er Richtung Terminal, wo ein dunkler Dodge parkte.

»Sie werden schon erwartet«, sagte er.

30

24. November 1971
Flughafen Reno

George saß in einem fensterlosen Raum, der normalerweise für Besprechungen genutzt wurde. Das Mobiliar bestand aus mehreren zusammengeschobenen Tischen, auf denen ein Tonbandgerät, ein Aschenbecher, eine Kaffeetasse und zwei Wassergläser standen.

Der Mann, der ihn in den letzten beiden Stunden vernommen hatte, hieß Wes Meyers. Er war in seinem Alter, trug eine dunkle Hose und ein weißes kurzärmeliges Leinenhemd. Es war das erste Mal, dass George mit einem FBI-Beamten sprach. Auf der Straße wäre er ihm sicher nicht weiter aufgefallen.

»Danke für Ihre Mithilfe«, sagte Meyers und stand auf. »Ich weiß zu schätzen, dass Sie sich die Zeit genommen haben.«

George erhob sich ebenfalls, und sie gaben sich die Hand, dann griff Meyers in seine Brusttasche, zog eine Visitenkarte heraus und reichte sie ihm.

»Für den Fall, dass Ihnen noch etwas einfällt.«

George nickte.

Meyers sah ihn an.

»Ich bin übrigens auch für die Air Force geflogen. Allerdings keinen Bomber. Wenn sie mich gefragt hätten, hätte ich es aber getan. Heute bin ich froh, dass es nicht dazu kam. Ein paar Jungs von damals sind danach nie wieder in ein Flugzeug gestiegen.«

George versuchte sich Meyers als jungen Mann vorzustellen, konnte das Bild aber nicht heraufbeschwören und musste an sich selber denken. Als er bei der Air Force war, hatte er seine Frau noch nicht gekannt.

»Fliegen Sie auch privat?«

»Ich … was?«, dann verstand er die Frage. »Nein.«

Meyers lächelte ihn an.

»Entschuldigen Sie. Ich bin ziemlich erschöpft.«

»Alles gut. Das verstehe ich. Ruhen Sie sich erst mal aus«, sagte er. »Und nochmals danke für Ihre Zeit.«

Im Flur erblickte er Kate, die vor dem Besprechungsraum auf einem Stuhl saß und ihn ansah. Einige behaupteten, dass sie an den Studentenprotesten gegen den Vietnamkrieg teilnehmen würde. George glaubte nicht, dass das stimmte. Aber auch wenn es so war, spielte es keine Rolle.

»Wie geht es dir?«, fragte er.

»Ich weiß nicht«, sagte sie. »Ich kann das alles noch gar nicht fassen.«

Er nickte.

»War ein langer Tag.«

Aus den Augenwinkeln nahm er Meyers war, der in der Tür stand.

»Miss Anderson, ich wäre dann so weit.«

»Ja«, sagte sie. »Ich bin gleich da.«

Er nickte, blickte zuerst sie und dann George an, schließlich verschwand er wieder in dem Raum.

»Bist du auch im Gateway Inn untergebracht?«

Sie schüttelte den Kopf.

»Nein, für heute hab ich genug vom Flughafen. Ich bin in einem Hotel in der Stadt.«

Sie erhob sich, nahm ihre Jacke und wandte sich Richtung Tür.

»Mach's gut«, sagte sie.

»Du auch.«

Bevor sie in dem Raum verschwand, sah sie ihn noch einmal an.

»Danke, Kate«, sagte George. »Du warst uns heute eine große Hilfe.«

»Schön, dass du das sagst.«

»Ich meine es auch so.«

»Ich weiß«, sagte sie und ging zu Meyers in den Besprechungsraum.

Sie arbeiteten schon ein paar Jahre zusammen, aber George hatte das unbestimmte Gefühl, dass sie sich nicht wiedersehen würden.

Das Gateway Inn lag direkt um die Ecke. Er hätte die Strecke problemlos zu Fuß zurücklegen können, aber die Flughafenleitung hatte ihm ein Taxi gerufen. Soweit er wusste, waren Phil und Ron ebenfalls hier untergebracht, doch als er in den Wagen stieg, hoffte er, dass er ihnen nicht begegnen würde. Er ärgerte sich, dass er nicht selbst auf die Idee gekommen war, ein Hotel in der Stadt zu nehmen. Obwohl er seit fast fünfundzwanzig Jahren als Verkehrspilot arbeitete, war er nur zwei- oder dreimal in Reno gewesen.

Der Taxifahrer lenkte den Wagen über den ringförmigen Terminal Way und bog in eine schmale Seitenstraße ein. Das Hotel befand sich in einem modernen zweistöckigen Gebäude, und der asphaltierte Parkplatz war von niedrigen Kiefern gesäumt.

Der Fahrer hielt direkt vor dem Eingang, aber als George nach seiner Geldbörse griff, schüttelte er den Kopf.

»Ist schon bezahlt«, sagte er.

George nickte, nahm seinen Koffer und stieg aus.

Das Foyer war mit dunklem Teppich ausgelegt, und die Wände waren mit Eichenholz verkleidet. Runde Rauchglaslampen, die von der Decke hingen, spendeten dezentes Licht.

George trat vor den Tresen und betätigte die Klingel. Kurz darauf erschien ein junger Mann.

»Guten Abend«, sagte er augenreibend. »Wie kann ich Ihnen helfen?«

»Mein Name ist George Adams. Es müsste ein Zimmer für mich gebucht sein.«

Der Mann schlug ein in Leinen gebundenes Notizbuch auf und blätterte darin. Dann unterstrich er etwas.

»Richtig, da steht Ihr Name.« Er lächelte ihn an. »Herzlich willkommen im Gateway Inn.«

Er drehte sich zu dem großen Schlüsselbrett hinter ihm und griff zielbewusst nach einem Schlüssel, den er vor sich auf den Tresen legte.

»Zimmer 28. Es liegt im zweiten Stock«, sagte er und deutete auf die Treppe. »Getränke finden Sie in der Minibar. Frühstück gibt es von sieben bis neun.«

George nahm den Schlüssel.

»Kann ich sonst noch etwas für Sie tun?«

»Nein danke.«

Das Zimmer war geräumig. Es gab ein Bett, einen Tisch mit zwei Stühlen und eine Kommode, auf der ein Fernseher stand. Und auch hier war der Boden mit dunklem Teppich ausgelegt.

George stellte seinen Koffer ab, trat ans Fenster, schob die Vorhänge zur Seite und öffnete es. Es war kalt, aber im Gegensatz zu Seattle war der Himmel klar, und er konnte die Lichter des Terminals gut erkennen. In dieser Gegend wäre der Absprung sicher deutlich einfacher gewesen. Zum ersten Mal fragte er sich, ob der Entführer auch bei der Air Force gedient hatte. Der FBI-Beamte hatte ihm erzählt, dass er sich für einen Militärfallschirm entschieden hatte. Und das, obwohl Sportschirme an Bord gewesen waren, mit denen man um einiges besser navigieren konnte.

George blickte auf die Uhr. Es war weit nach

Mitternacht, und normalerweise würde seine Frau schon lange im Bett liegen, aber er war sich sicher, dass sie auf seinen Anruf wartete. Bisher hatte er nicht mit ihr gesprochen, weil er ungestört sein wollte. Doch er hatte bei der Fluggesellschaft Bescheid gegeben, dass sie ihr ausrichten sollten, dass es ihm gut ging.

Er stellte sich die Küche seines Hauses vor, wie seine Frau und sein Sohn dort am Tisch saßen und auf seinen Anruf warteten. Im Cockpit hatte er unentwegt an die beiden gedacht, aber jetzt hatte er Angst vor dem Anruf.

Er atmete ein letztes Mal tief ein und schloss das Fenster. Dann setzte er sich auf die Bettkante und schaltete die Nachttischlampe ein. Schließlich nahm er den Hörer in die Hand, wählte die Nummer der Rezeption und ließ sich mit seinem Anschluss verbinden.

31

25. November 1971
Clark County, Washington

Die Nacht war wie ein träger, trüber Fluss, der ihn von einem Traum zum nächsten spülte. Er schreckte mehrmals auf, dämmerte weg und war sich irgendwann nicht mehr sicher, ob er wach war oder schlief. Er hörte das Gebell von Kojoten, das dröhnende Donnern von Flakgeschossen, und er sah immer wieder seinen Vater, wie er mit seiner alten Winchester durch die feuchte Hitze des Dschungels schritt. Doch als er in der Morgendämmerung zu sich kam, zitterte er vor Kälte. Zwischen den Bäumen hing dichter Nebel, und der Waldboden war mit einer dünnen Schneeschicht überzogen. Zumindest die Schmerzen im Bein hatten nachgelassen. Aber als er sich aufrichtete und mit dem Rücken gegen den Baumstamm lehnte, kehrten sie mit aller Heftigkeit zurück.

Er blickte auf die Uhr. Der Absprung lag über zwölf Stunden zurück. Das Schlimmste, was jetzt passieren konnte, war, dass die Wunde sich entzündete. Da er keine Ahnung hatte, wo er gelandet war, konnte er unmöglich abschätzen, wie lange er bis zu einer Straße oder einer Siedlung brauchen würde. Wenn es schlecht lief, wäre er mehrere Tage, vielleicht sogar eine Woche unterwegs. Doch mit Fieber könnte er eine solche Strecke sicher nicht zurücklegen.

Er bekam Panik, als ihm bewusst wurde, dass er diesen Wald unter Umständen nicht mehr lebend verlassen würde. In Vietnam hatte er täglich über den Tod nachgedacht, aber seit er wieder zurück war, hatte es keine einzige Situation gegeben, in der er wirklich Angst um sein Leben gehabt hatte.

Umso mehr wurde er jetzt davon überwältigt. Er verspürte den Drang, sich wieder hinzulegen, aber er wusste, dass er aufstehen musste. Denn wenn er diesem Impuls jetzt nachgeben würde, gäbe es womöglich kein Zurück mehr.

Er griff nach seinem Rucksack, nahm das Sandwich heraus und aß es auf. Dann schüttete er sich drei Tabletten in den Mund, schluckte sie herunter und aß mehrere Hände Schnee. Als Nächstes nahm er den Kompass aus seiner Manteltasche, klappte ihn auf und betrachtete die Nadel. Wenn er, wie er hoffte, südlich vom Spirit Lake Highway gelandet war, musste er nach Norden gehen. Wenn er die Maschine aber zu spät verlassen und sein Zielgebiet verfehlt hatte, war in dieser Richtung meilenweit nur Wald. Bei der Planung hatte er diese Möglichkeit berücksichtigt. Und ohne seine Verletzung hätte er in den dichten Wäldern auch wochenlang ausharren können, aber nun hatte sich alles von Grund auf geändert. Wenn der Schneefall nachlassen würde, könnte sich selbst die Wassersuche zu einem lebensbedrohlichen Problem auswachsen. Außerdem schien er noch weitere Verletzungen zu haben, die er am Abend zuvor nicht bemerkt hatte. Sein linkes Handgelenk schmerzte, und wenn er tief einatmete, brannte seine Lunge.

Richard betastete vorsichtig sein Bein. Er hatte das Gefühl, dass die Schwellung stärker geworden war. Und als er den Stoff seiner Hose über die Stelle schob, sah er, dass die Wunde genässt hatte. Einen kurzen Augenblick dachte er darüber nach, den Verband abzunehmen, aber er wollte die Wunde nicht zusätzlich verunreinigen.

Er aß zwei weitere Hände Schnee, dann rollte er den Fallschirm zusammen und steckte ihn zu dem Geld in den Rucksack. Als er damit fertig war, erhob er sich vorsichtig und sah auf den Kompass.

Richtung Norden standen die Bäume dicht beieinander, im Süden schien der Wald lichter zu werden. Da er ohnehin nicht wusste, wo er war, konnte er auch den einfacheren Weg einschlagen.

Ohne weiter darüber nachzudenken, setzte er den Rucksack auf, nahm den Stock, den er am Vorabend bereitgelegt hatte, und ging los.

Die ersten Schritte waren sehr schmerzhaft, doch nach einer Weile gewöhnte er sich daran. Durch die Bewegung wurde ihm warm, und mit jedem Meter, den er zurücklegte, schien es ihm besser zu gehen.

Da es keinen Weg gab, dem er folgen konnte, und er immer wieder auf dichtes Gestrüpp und umgefallene Bäume stieß, sah er regelmäßig auf den Kompass.

Als er etwa eine halbe Stunde unterwegs war, lichtete sich der Nebel. Eine weitere Stunde später begann das Gelände stetig anzusteigen. Die Hemlocktannen und Fichten, die einen Großteil der Vegetation ausgemacht hatten, wurden weniger. Auch Flechten und Farne gab es kaum noch. Stattdessen wuchsen vereinzelt Kiefern. Schon vor einer Weile hatte es aufgehört zu schneien, aber der Boden war an einigen Stellen noch mit einer dünnen weißen Schicht überzogen. Er kam zu einem flachen, steinigen Bach, an dem er sich das Gesicht wusch und trank, jedoch nicht rastete. Solange er vorwärtskam, wollte er gehen. Außerdem konnte es sein, dass sie mit der Suche begonnen hatten. Und mit einem Flugzeug oder einem Helikopter würden sie ihn hier unter Umständen entdecken.

Nach gut zwei Stunden hielt er das erste Mal an. Er setzte sich auf einen großen Findling und ließ den Blick über die Landschaft wandern. Die Stelle, an der er gelandet war, war dicht bewaldet. Sie befand sich in der Mitte eines ovalen Talkessels. Im Norden und Westen waren die Hügel deutlich höher als dort, wo er saß. Er konnte weder eine Straße noch Häuser oder Stromleitungen entdecken. Auch ansonsten gab es nichts, woran er sich orientieren konnte.

So, wie es aussah, war er um einiges weiter südlich gelandet.

Bis zur höchsten Stelle der Hügelkette war es kaum mehr als eine Meile, aber von hier an war der Anstieg deutlich steiler.

Eine Pause würde ihm jetzt sicher guttun. Zumindest eine Zigarette könnte er rauchen. Doch bevor er nicht wusste, was auf der anderen Seite lag, wollte er nicht haltmachen.

Er sah sich um. Etwa zehn Meter weiter den Berg hinauf entdeckte er einige schneebedeckte Felsen. Er war nicht durstig, aber er musste etwas trinken.

Richard griff nach dem Stock und stellte sich hin. Dann lief er weiter.

32

25. November 1971
Reno

Kate wurde von der Sonne geweckt, die durch einen schmalen Spalt zwischen den Vorhängen direkt auf ihr Kopfkissen schien. Ihr erster Gedanke galt ihren Eltern. Da sie erst spät im Hotel angekommen war, hatte sie nicht mehr bei ihnen angerufen. Aber jetzt fühlte sie sich schlecht. Die Fluggesellschaft hatte ihnen ausgerichtet, dass sie wohlauf war. Trotzdem ahnte Kate, dass sie sich Sorgen machten, und es tat ihr leid, dass sie gerade diesen Tag so beginnen mussten. Thanksgiving war für die beiden eines der wichtigsten Ereignisse des Jahres. Und Kate wusste, dass ihre Eltern sie an diesem Tag ganz besonders vermissten.

Sie schlug die Decke zur Seite, richtete sich auf und setzte sich an die Bettkante. Sie nahm ihre Lucky-Strike-Schachtel vom Nachttisch, schüttelte eine heraus und zündete sie an.

Während sie den Rauch ausblies, betrachtete sie ihre nackten Füße. Als kleines Mädchen hatte sie sich immer eine Schwester gewünscht, weil sie wissen wollte, ob deren Hände und Füße genauso aussehen würden wie ihre. Sie hatte ihren Eltern ständig damit in den Ohren gelegen. Aber als sie Jahre später erfuhr, dass ihre Mutter nach ihr drei Fehlgeburten gehabt hatte, schämte sie sich dafür.

Kate zog ein weiteres Mal an der Zigarette, legte sie in den Aschenbecher und nahm den Hörer ab. Erst jetzt fiel ihr Blick auf den Wecker, der auf dem Nachttisch stand. Wenn die Uhrzeit stimmte, war es kurz nach zehn. War es möglich, dass sie so lange geschlafen hatte?

Sie griff nach ihrem Ticket, das neben dem Aschenbecher mit der glühenden Zigarette lag, und sah es an. Ihre Maschine ging erst um kurz nach eins.

Erleichtert wählte sie die Nummer der Rezeption und ließ sich verbinden.

Kurz darauf meldete sich ihre Mutter.

»Hallo, Mom«, sagte sie.

»Katie, bist du es?«

»Ja.«

Kate hörte ein kurzes Rascheln, dann sagte ihre Mutter: »Frank, komm, sie ist am Telefon.«

»Wer?«, sagte ihr Vater leise im Hintergrund.

»Na, wer schon. Kate«, sagte sie. »Wie geht es dir, Kleines.«

»Ich glaube, ganz gut.« Sie spürte einen Kloß im Hals.

»Ich bin so erleichtert, dass du anrufst.«

»Hat die Airline sich bei euch gemeldet?«

»Ja. Sie waren sehr nett.«

»Es tut mir leid, dass ich gestern nicht mehr angerufen habe. Ich …«

»Das macht nichts«, unterbrach sie sie. »Hauptsache, es geht dir gut.«

»Ja, das tut es.«

»Wo bist du?«

»In einem Hotel in Reno. Aber heute Nachmittag geht mein Flug. Ich muss erst mal nach Hause. Ich brauche frische Sachen. Morgen komme ich zu euch.« Dann fiel ihr wieder ein, welcher Tag heute war.

»Jetzt hätte ich es fast vergessen. Alles Gute zu Thanksgiving.«

»Wir feiern das morgen«, sagte ihre Mutter. »Dieses Jahr ist Thanksgiving einfach einen Tag später.«

Nachdem sie aufgelegt hatte, blieb sie auf der Bettkante sitzen. Die Zigarette im Aschenbecher war verglüht, und der Lichtstrahl, der zwischen den Vorhängen in den Raum fiel, war ein kleines Stück weitergewandert. Sie hatte seit über fünfzehn Stunden nichts mehr gegessen. Sie war hungrig, und das Frühstück war jetzt sicherlich vorbei. Aber vielleicht hatte sie Glück und würde noch etwas bekommen.

Sie stand auf, zog die Vorhänge zur Seite, ging ins Bad und stellte sich unter die Dusche. Und während sie unter dem warmen Wasserstrahl stand und durch die geöffnete Tür in ihr Zimmer sah, fiel ihr

Blick auf ihre Uniform. Kate wusste, dass einige bei Northwest schlecht über sie redeten, aber Phil war der Erste gewesen, der es offen ausgesprochen hatte. Sie war froh, dass sie noch andere Kleider dabeihatte und sich umziehen konnte.

Vor Kurzem hatte sie gelesen, dass ein Mensch sich alle sieben Jahre ändern würde. Laut dem Artikel war das auch der Grund, warum viele Beziehungen genau dann zerbrachen. Kate hatte nicht weiter darüber nachgedacht, aber jetzt fragte sie sich, ob der Artikel nicht vielleicht stimmte.

Kate schloss die Augen und legte ihren Kopf in den Nacken. Und dann spürte sie, wie das warme Wasser von ihren Haaren auf ihren Rücken tropfte.

33

25. November 1971
Clark County, Washington

Als Richard den höchsten Punkt der Hügelkette erreicht hatte, spürte er Enttäuschung in sich aufsteigen. Er hatte gehofft, dass er eine Siedlung oder eine Straße entdecken würde. Auch von hier erstreckte sich die Wildnis bis zum Horizont, wo sie von einer kargen Kammlinie begrenzt wurde, die deutlich höher war als der Punkt, an dem er sich befand. Das Land direkt vor ihm war dicht bewaldet; nur südwestlich gab es eine ebene Fläche, die von niedrigen Büschen und jungen Bäumen bewachsen war.

Wahrscheinlich hatte es dort vor ein paar Jahren einen größeren Brand gegeben.

Weit im Osten entdeckte er einen Fluss, der sich in Schleifen durch die Landschaft zog und hin und wieder zwischen den Tannen- und Kiefernwäldern auftauchte, bis er sich zwischen ein paar kleineren Hügeln verlor.

Der Aufstieg war mühevoll und kräftezehrend gewesen. Um hierher zu gelangen, hatte er zwei Geröllbänder passieren müssen. Sie waren kaum breiter als ein Footballfeld gewesen, aber als er das zweite überquert hatte, war er umgeknickt und gestürzt. Und seitdem hatten die Schmerzen im Bein zugenommen.

Richard nahm das Tablettenröhrchen aus seiner Manteltasche, öffnete es und blickte hinein. Fast ein Viertel fehlte schon. Spätestens in zwei oder drei Tagen waren die Kapseln aufgebraucht. Er schüttete sich drei davon auf die Handfläche und dachte nach. Schließlich tat er eine wieder zurück. Er musste die Dosis reduzieren, aber ganz darauf verzichten konnte er nicht.

Während er die Tabletten trocken hinunterschluckte, sah er sich nach einem Platz um. Etwa zwei Meter neben ihm lag ein quaderförmiger, moosbewachsener Felsen. Richard nahm den Rucksack ab und stellte ihn auf den Boden. Er stützte sich auf den Stock und ließ sich vorsichtig auf den Stein sinken. Eigentlich hatte er sich vorgenommen, so schnell wie möglich weiterzugehen, doch als er saß, musste er sich eingestehen, dass er eine Pause brauchte. Soweit er es von hier aus beurteilen konnte, würde der Abstieg leichter werden, aber bevor er sich auf den Weg machte, musste er sich den Verband ansehen.

Richard winkelte das verwundete Bein an. Der Unterschenkel war mittlerweile so stark geschwollen, dass er das Hosenbein nur mit großer Mühe nach oben schieben konnte. Die Schiene, die er aus

Fallschirmleine und zwei Stöcken angefertigt hatte, saß nicht mehr an ihrem Platz, und der Verband war komplett durchnässt. Das Wundwasser hatte seine Socke dunkel verfärbt und war bis in seinen Schuh gelaufen. Richard sah über das bewaldete Tal und dachte nach. Der Verband musste gewechselt werden. Warum sollte er warten? Er griff nach dem Messer, zerschnitt die Seile, legte die Stöcke neben sich und öffnete den Rucksack. Er nahm den Fallschirm heraus und schnitt drei lange Streifen davon ab. Dann begann er damit, den feuchten, blutverkrusteten Verband abzunehmen.

Im Vergleich zu den Verletzungen, die er in Vietnam gesehen hatte, wirkte die Wunde harmlos. Die Blutung hatte aufgehört, und der Knochen schien wieder an seinem Platz zu sein. Aber an der dunklen, fast schon violetten Rötung, die sich vom Wundrand aus über den gesamten Unterschenkel zog, sah er, dass sein Bein sich bereits entzündet hatte.

Richard ließ seinen Blick erneut über die grüne Senke wandern. Die Landschaft ähnelte der Gegend, in der er ausgebildet worden war. Wenn er den Abstieg hinter sich hatte, würde er versuchen, den Fluss zu erreichen. Am Wasser konnte er sich mit den Resten des Fallschirms ein behelfsmäßiges Fischernetz anfertigen. Und er könnte sich ein einfaches Floß bauen, um sich damit treiben zu lassen. Doch er würde sicherlich zwei, vielleicht auch drei Tage brauchen, bis er den Fluss mit der Verletzung erreichen würde.

Seit er saß, hatte das Pochen in der Wunde zugenommen. Richard nahm den ersten der drei Streifen und wickelte ihn vorsichtig um die Stelle, an der der Knochen aus der Haut ausgetreten war. Die anderen beiden Streifen band er deutlich strammer. Als Letztes befestigte er die Stöcke mit der Fallschirmleine. Er steckte das Messer wieder in die Scheide und dachte über eine Zigarette nach. Aber seine Lunge brannte immer noch, und je länger er warten würde, umso schwerer würde ihm der Aufbruch fallen.

Richard setzte den Rucksack auf und erhob sich. Als er stand, spürte er, dass der Schmerz um einiges zugenommen hatte. Er blickte die karge, mit Felsen, Gräsern und Salbei bewachsene Böschung hinunter. Zumindest bis zum Waldrand wollte er heute noch kommen.

Er zog die Gurte seines Rucksacks fest, dann sah er auf die Uhr. Es war kurz nach zwölf.

Bis die Dämmerung einsetzte, blieben ihm höchstens noch vier Stunden.

34

25. November 1971
Western Airlines, Flug 277

George blickte durch das kleine Fenster nach draußen. Die Wolkendecke unter der Maschine war dicht und dunkel, aber der Himmel über ihnen war strahlend blau. Zum ersten Mal, seit er als Pilot arbeitete, kam ihm der Gedanke, dass er weit mehr Sonnentage erlebte als die meisten anderen Menschen. Zumindest, solange er tagsüber die Inlandsrouten flog. Auf Langstrecken blieb man häufig über Stunden im Nachtschatten, und Richtung Osten waren die Tage kurz und die Nächte sehr lang.

Während er im Cockpit saß, tauchten solche Gedanken nur sehr selten auf, aber wenn er sich, wie heute, im Passagierraum befand, reihten sie sich förmlich aneinander.

Die Maschine hatte etwa die Hälfte des vierstündigen Fluges zurückgelegt. Sie hatten die Rocky Mountains überquert, und bei gutem Wetter könnte man unter ihnen die endlosen Grasflächen der Great Plains erkennen. Nebraska hatte George schon in seiner Jugend fasziniert, aber obwohl er seit Jahren darüber nachdachte, einmal hierherzufahren, hatte er es niemals getan. Es hatte schon immer viele Dinge gegeben, die ihm im Kopf herumgegeistert waren, doch aus irgendeinem Grund verschob er seine Pläne stets in die Zukunft. Sein Sohn hatte ihm das häufig vorgeworfen, und George hatte sich jedes Mal darüber geärgert. Denn er war sich sicher gewesen, dass er mit Bruce einmal zu den Rocky Mountains reisen würde. Jetzt war sein Sohn erwachsen. Und bis zu ihrem gestrigen Telefonat hatte George gedacht, dass die Verbindung zwischen ihnen gänzlich abgerissen war. Doch obwohl sie nur über die Entführung gesprochen hatten, war da plötzlich wieder so etwas wie Nähe gewesen.

»Mister?« Die Stimme der Stewardess schreckte ihn auf.

Als er sich zu ihr drehte, lächelte sie ihn an.

»Möchten Sie etwas trinken?«

»Nein, vielen Dank.«

Die Stewardess nickte, aber George bemerkte, dass sie auf sein Namensschild blickte, das immer noch an seiner Uniform hing.

»Darf ich Sie etwas fragen, Mister Adams?«

»Ja«, sagte er. »Natürlich.«

»Sie sind Pilot bei Northwest?«

Er nickte.

»Ich habe von der Entführung gehört. Heute Morgen habe ich einen Artikel in der *Times* darüber gelesen.«

George ahnte, dass die meisten großen Zeitungen

schon über den Fall berichtet hatten. Und früher oder später würden die Reporter auch an seine Tür klopfen. Aber konnte es sein, dass er in den Artikeln bereits jetzt namentlich genannt worden war?

Anstatt zu antworten, sah er sich um. Die meisten Sitze in der ersten Klasse waren unbesetzt, und niemand schien sie zu beachten.

»Entschuldigen Sie bitte«, sagte die Stewardess. »Ich wollte nicht unhöflich sein.«

George blickte zu ihr auf. Sie war in etwa so alt wie Kate, hatte blonde kurze Haare und ein schmales, fein gezeichnetes Gesicht.

»Schon okay«, sagte er.

»Die Entführung ist den ganzen Morgen schon Thema bei uns. Und als Harry, unser Pilot, eben erzählte, dass Sie …«, sie hielt inne und sah zu Boden. »Ich wollte Sie einfach nur fragen, wie es Ihnen geht.«

George blickte sich erneut im Flugzeug um, dann sah er zu der Stewardess und deutete auf den Platz neben sich.

»So, wie es aussieht, haben Sie gerade nicht besonders viel zu tun. Wollen Sie sich kurz neben mich setzen?«

»Ich weiß nicht«, sagte sie unsicher.

»Ich würde mich freuen. Ich bin übrigens George.«

Sie ließ ihren Blick ebenfalls durch die Kabine wandern.

Dann setzte sie sich neben ihn.

»Ich bin Linn«, sagte sie, während sie ihren Rock glatt strich.

»Um Ihre Frage zu beantworten – soweit ich es beurteilen kann, geht es mir ganz gut.«

»Das ist schön.«

Sie sah einen Moment abwesend den Gang entlang.

»Ich war heute Morgen kurz davor, mich krankzumelden«, sagte sie. »Das klingt jetzt vielleicht etwas verrückt, aber ich habe schreckliche Angst vor so was.«

Sie blickte an ihm vorbei nach draußen.

»Ich träume manchmal sogar davon.«

»Ich finde das gar nicht so verrückt«, sagte George. »Also, dass Sie Angst haben, meine ich. Alles andere schon.«

»Vor knapp einem Jahr ist eine von unseren Maschinen entführt worden«, sagte Linn. »Ich wäre eigentlich im Flugzeug gewesen, aber ich lag mit einer Grippe zu Hause.«

Sie sah ihn an.

»Ich hatte ziemliches Glück. Aber seitdem denke ich, dass ich irgendwann einmal in einer Maschine lande, die entführt wird.«

George nickte leicht.

Einen Augenblick saßen sie schweigend nebeneinander.

»Ich glaube, ich muss langsam weitermachen«, sagte Linn schließlich. »Es freut mich, dass es ihnen gut geht.«

»War schön, sie kennengelernt zu haben.«

Sie stand auf.

»Fand ich auch«, sagte sie. »Kann ich Ihnen wirklich nichts bringen? Unseren Kaffee kann ich sehr empfehlen.«

Sie lächelte George an.

»Er ist um Längen besser als bei Northwest.«

»Wenn das tatsächlich stimmt, würde ich einen nehmen.«

»Ich bin gleich wieder da«, sagte sie, drehte sich um und ging Richtung Heck davon.

George blickte auf seine Uhr. Noch eine gute Stunde, bis die Maschine in Minneapolis aufsetzen würde.

Er dachte an seinen Wagen und wie er damit nach Hause fahren würde. Und dann dachte er daran, wie sein Sohn ihn früher, als er noch klein war, an der Einfahrt erwartet hatte.

35

25. November 1971
Clark County, Washington

Richard schwitzte, und ihm war schwindelig. Auf dem Abstieg hatte er sich mehrmals übergeben müssen, und er kämpfte immer noch gegen die aufsteigende Übelkeit. Die Dinge in seinem direkten Umfeld waren scharf umrissen, aber alles, was weiter entfernt lag, verschwamm zu konturlosen Schatten. Die Dämmerung hatte bereits eingesetzt, und der Waldrand, der direkt vor ihm lag, wirkte düster und bedrohlich. Erneut musste er an den Dschungel denken. An die riesigen Bäume, in deren Laubdach weiße Blüten leuchteten. Der Krieg kam ihm plötzlich näher vor als sonst. Und während er auf die grüne Wand zuhumpelte, konnte er die dumpfen Detonationen in der Ferne förmlich spüren. Er erinnerte sich an die schier endlosen Tunnelsysteme der Vietcong. Er dachte an das Rascheln und Tropfen und daran, wie er mit den Jungs aus seinem Zug im Flugzeug saß und auf das dunkle Grün hinabblickte. Keiner von ihnen hatte geahnt, dass die Welt, in die sie zurückkehren würden, völlig anders war als zuvor.

Richard blieb stehen und schloss die Augen. Er musste sich auf seinen Atem konzentrieren – darauf, wie er ruhig und gleichmäßig durch seine Nase strömte. Anfangs hatte er große Schwierigkeiten, aber nachdem er etwas länger dort stand, spürte er, wie er ruhiger wurde und die Bilder und Geräusche allmählich verblassten.

Er hatte den Dschungel überlebt, und er würde auch diesmal einen Ausweg finden. Wenn er im Wald war, konnte er sein Lager aufschlagen, und morgen würde es ihm bestimmt besser gehen.

Gerade als er die Augen wieder öffnen wollte, hörte er ein leises Plätschern. Er hielt inne und lauschte. Irgendwo in der Nähe musste ein Bach sein. Er drehte seinen Kopf in die Richtung, aus der das Geräusch kam, dann öffnete er die Augen. Obwohl er nichts erkennen konnte, war er sich sicher, dass er sich nicht irrte. Also ging er vorsichtig auf das Plätschern zu. Und kurz darauf stand er tatsächlich vor einem schmalen, etwa knietiefen Bach. Er war klar und floss gurgelnd Richtung Osten. Vielleicht mündete er in den Fluss, den er vor ein paar Stunden von der Hügelkette aus entdeckt hatte. Das Wasser hatte eine tiefe Rinne in den Boden gegraben, in der sich der Bach durch die Landschaft schlängelte. Im Frühjahr, wenn der Schnee schmolz, war dieser kleine Wasserlauf sicher um einiges breiter.

Richard blickte gegen die Strömung den Bach entlang, dann sah er in die andere Richtung. An der

Stelle, wo er im Wald verschwand, erkannte er einen deutlichen Tunnel. Auch wenn der Bach dort etwas breiter war, konnte er sich nicht erklären, warum genau dort keine Bäume wuchsen. Und für einen Wildpfad wirkte die Stelle zu breit. Richard ließ den Blick den Waldrand entlangwandern, doch er war ansonsten dicht bewachsen. Für einen Augenblick spürte er so etwas wie Hoffnung in sich aufsteigen, die sich allerdings gleich wieder auflöste. Wenn es hier eine Straße gäbe, hätte er sie von oben erkennen müssen. Trotzdem ließ der Gedanke ihm keine Ruhe. Er zog die Riemen des Fallschirmrucksacks etwas fester, nahm den Stock in die linke Hand und ging am Bach entlang Richtung Wald. Der Boden war dicht bewachsen, uneben, steinig und von hüfthohem Gestrüpp durchzogen.

Richard hatte große Mühe, dem Lauf des Baches zu folgen, und als er sich dem Waldrand bis auf etwa zweihundert Meter genähert hatte, konnte er immer noch nichts erkennen, was auf eine Straße hindeutete. Die Schmerzen im Bein waren kaum noch zu ertragen, und er war sich sicher, dass er Fieber hatte. Doch statt eine Pause einzulegen, lief er weiter.

Nach etwa einer halben Stunde erreichte er die Stelle, an der sich der Bach verbreiterte. Um herauszufinden, ob es drüben eine Straße gab, musste er hier die Seite wechseln. Er stieg vorsichtig die kleine Uferböschung hinunter, doch bevor er den Bach überquerte, hielt er inne und sah sich um. Die Berge, die in einiger Entfernung in die Höhe ragten, waren karg und mächtig. Am Himmel standen bereits die ersten Sterne, und der Mond spiegelte sich auf der Wasseroberfläche vor ihm.

Er hatte keine Ahnung, was auf der anderen Seite lag. Dennoch hatte er ein gutes Gefühl. Er stützte sich auf den Stock, dann stellte er sein gesundes Bein in den Fluss.

36

25. November 1971
Minneapolis

Kate schloss die Tür zu ihrem Apartment auf, betrat den Flur und sah in die Küche. Das Licht der Straßenbeleuchtung warf ein helles Rechteck auf den Fußboden. Während sie den Koffer abstellte und ihre Jacke auszog, dachte sie daran, wie es sich angefühlt hatte, als sie hier eingezogen war. Bis zu diesem Zeitpunkt hatte sie bei ihren Eltern gelebt. Kate hatte den kleinen Ort und das alte Holzhaus abgöttisch geliebt, und der Abschied war ihr sehr schwergefallen. In der ersten Zeit telefonierte sie mehrmals in der Woche mit ihren Eltern. Doch ihr neues Leben in Minneapolis ließ den Schmerz und die Sehnsucht schnell in den Hintergrund rücken. Die Ausbildung bei der Airline füllte ihre Tage gänzlich aus, und an den Abenden war sie viel unterwegs.

All das kam ihr unglaublich weit weg vor.

Sie blieb noch einen Moment im Flur stehen, zog ihre Schuhe aus und ging barfuß Richtung Wohnzimmer. Sie trat ans Fenster und sah hinaus. Der Hinterhof war winzig und mit Gerümpel vollgestellt. Trotzdem mochte sie diesen Ausblick. Wenn sie unterwegs war und an Minneapolis dachte, fiel ihr immer dieses Bild ein. Das gegenüberliegende Wohnhaus war genauso hoch wie ihres, und es bestand ebenfalls aus dunklen, schmutzigen Backsteinen. Wahrscheinlich mochte sie den Ausblick wegen eines Kinderbuches, das sie, als sie klein war, oft stundenlang betrachtet hatte. Auf allen Seiten war das gleiche Haus abgebildet, doch in den Fenstern des Gebäudes bot sich jedes Mal eine andere Szene. Und genauso war es hier. Einen Großteil der Menschen, die dort wohnten, erkannte sie auch auf der Straße, trotzdem hatte sie noch nie mit einem von ihnen gesprochen. Und dennoch hatte sie das Gefühl, Teil von etwas Großem zu sein.

Kate drehte sich um und ließ den Blick durch den Raum wandern. Sie stand immer noch im Dunkeln, aber ihre Augen hatten sich an die Lichtverhältnisse gewöhnt, und sie konnte die Umrisse der Möbel erkennen. Sie trat zu der kleinen Kommode neben dem Sofa, nahm eine Schachtel Lucky Strikes und ein Feuerzeug heraus. Dann ging sie wieder zum Fenster und zündete sich eine Zigarette an.

Als sie hier eingezogen war, konnte sie die Miete gerade so bezahlen. Mittlerweile könnte sie sich problemlos etwas Größeres leisten. Aber sie war nicht ausgezogen, weil sie gedacht hatte, dass sie diese Wohnung liebte. Jetzt, da sie am Fenster stand, rauchte und hinausblickte, fragte sie sich, ob das stimmte. Sie war in ihrem ganzen Leben nur ein einziges Mal umgezogen. Und solange sie hier wohnen blieb, musste sie nicht über ihre Zukunft nachdenken. Vielleicht war sie deshalb immer noch bei Northwest. Sie war erst Ende zwanzig, doch in den Jahren, in denen sie für die Airline arbeitete, hatte sie schon über ein Dutzend Frauen kommen und gehen gesehen. Die meisten hatten geheiratet und Kinder bekommen. Und keine von ihnen war wieder zurückgekehrt. Sie hatte in letzter Zeit mit ihrer Arbeit gehadert und war sich nicht sicher, ob sie den Job noch mochte. Doch sie wollte in keinem Fall einfach so verschwinden. Natürlich hatte sie, als sie klein war, von einem Haus geträumt; von Kindern und einem Mann, der sie ernährte. Damals hätte sie niemals erwartet, Nebraska irgendwann hinter sich zu lassen.

Sie nahm einen letzten Zug, öffnete das Fenster und warf die Zigarette hinaus. Die Luft, die ihr entgegenwehte, war kühl. Und sie roch genauso wie damals, als sie hier angekommen war.

Es war so einfach, den Anfang von etwas zu entdecken, aber das Ende zu erkennen war so gut wie unmöglich.

37

25. November 1971
Clark County, Washington

Richard lief im Dunkeln durch den Wald. Die Batterien der Taschenlampe waren fast leer, aber das Mondlicht, das durch die Baumwipfel auf den Boden fiel, reichte aus, um auf dem Weg zu bleiben. Der Forstpfad, dem Richard seit gut einer Stunde folgte, war von tiefen Furchen durchzogen. Der Schweiß lief ihm den Rücken herunter, das Wundwasser stand in seinem Stiefel, und er hatte höllische Kopfschmerzen. Er war hungrig, und es war Zeit, sein Nachtlager aufzuschlagen. Doch er hatte Angst, in einen tiefen Schlaf zu fallen, aus dem er nicht mehr erwachen würde. Eine ähnliche Furcht hatte er auch als Kind gehabt. Und während er immer tiefer in den Wald lief, dachte er daran, wie sein Vater ihn damals getröstet hatte. Er sah das Feuer im Kamin. Er roch den süßlichen Pfeifentabak. Er spürte die rauen Hände auf seiner heißen Stirn. Und dann sah er den ausdruckslosen Blick seiner Mutter, den Sarg und die Ernte, die auf dem Feld verfaulte. Richard hatte seinen Vater seit über zwanzig Jahren nicht mehr gesehen, und trotzdem fühlte er sich ihm plötzlich ganz nahe. Und genau in dem Moment sah er einen schwachen Lichtschein, der durch die Bäume fiel. War das Fieber schon so stark, dass er halluzinierte? Er blieb stehen, schloss die Augen und atmete tief ein. Dann öffnete er sie wieder und blickte in die Richtung, aus der das Licht kam. Es war immer noch gut zu sehen. Und obwohl es teilweise von Ästen verdeckt wurde, konnte er die rechteckige Form deutlich erkennen. Entweder spielte ihm seine Wahrnehmung einen Streich oder das, was er dort sah, war tatsächlich ein Fenster. Er griff nach der Taschenlampe, schaltete sie ein und leuchtete den Pfad entlang. Er machte eine leichte Biegung, und so, wie es aussah, führte er direkt auf das Licht zu.

Richard steckte die Lampe wieder zurück in die Tasche und ging weiter. Je näher er dem Licht kam, umso heller wurde es. Als er endlich den Scheitelpunkt der Kurve erreichte, konnte er eine Hütte sehen, die mitten im Wald auf einer kleinen Lichtung stand. Im Mondschein konnte er einen Truck erkennen. Daneben befand sich noch ein weiteres Gebäude. Vielleicht eine Räucherkammer oder ein Plumpsklo. Richard dachte nach. Er wusste, dass er auf Hilfe angewiesen war, doch wenn er jetzt dort klopfte, konnte es sein, dass er im Gefängnis landen würde. Und dann waren all seine Mühen umsonst gewesen. Aber vielleicht hatte er auch Glück. Die Entführung lag erst einen Tag zurück. Es konnte also sein, dass die Nachricht noch nicht bis hierher vorgedrungen war. Doch wie sollte er erklären, dass er nachts in einem Anzug durch den Wald streifte? Richard legte den Rucksack ab und lehnte ihn an einen Baum. Die Hütte war noch etwa zweihundert Meter entfernt. So, wie es aussah, bestand sie aus nur einem einzigen Raum. Auf der Seite, vor der der Wagen parkte, gab es eine überdachte Veranda. Wenn er sich dem Haus bis zu dem Truck nähern würde, könnte er vermutlich in das Innere blicken. Ohne weiter darüber nachzudenken, ging er langsam und vorsichtig auf das Gebäude zu. Er hatte etwa die Hälfte der Strecke hinter sich, als plötzlich ein Hund zu bellen begann. Erschrocken blickte er zum Fenster. Was war er für ein Idiot. Er hätte ahnen können, dass jemand, der hier übernachtete, einen Hund bei sich hatte. Das Bellen wurde lauter, doch Richard blieb wie angewurzelt stehen. Schließlich öffnete sich die Tür, und eine Gestalt, die einen Hund am Halsband hielt, trat auf die Veranda.

»Sei still«, sagte er.

Das Bellen verstummte, und der Mann schaltete eine Taschenlampe ein. Der Lichtkegel huschte über die Lichtung und landete direkt in Richards Gesicht.

Er leuchtete die Umgebung erneut ab, dann wieder zu Richard.

»Was zur Hölle tun Sie hier?«

* * *

Mit der Fahndung wurde direkt am nächsten Morgen begonnen?

Ja. An der Suche waren jede Menge Beamte beteiligt. Wir konnten natürlich nicht das komplette Gebiet durchkämmen. Dafür war der Bereich, den wir abgesteckt haben, einfach viel zu groß. Aber dort, wo wir waren, haben wir jeden einzelnen Stein umgedreht. Es ist ganz schön verrückt, was man alles so entdeckt, wenn man ein Stück Land genau unter die Lupe nimmt. Wir fanden ein altes, verrostetes Flugzeug, fast ein Dutzend demolierter Autos und sogar zwei Leichen. Eine davon hing mitten im Wald an einem Strick. Der Körper war schon fast vollständig verwest, und die Knochen wurden im Wesentlichen von den Kleidern zusammengehalten. Der Anblick war – milde ausgedrückt – verstörend. Auch die zweite Leiche war schon komplett skelettiert. Sie lag in einer moosbewachsenen Senke, zwischen ein paar jungen Birken. Auch hier waren die Kleider noch fast vollständig in Ordnung. Es handelte sich um eine Strumpfhose, einen dunklen Rock und einen roten Mantel, der zwischen dem Moos und den hellen Birkenstämmen fast schon leuchtete.

Stimmt es, dass Sie die Gegend mit einem Flugzeug abgeflogen sind?
Einer der Deputys, der aus der Gegend stammte und bei der Suche beteiligt war, besaß eine Taylorcraft BL-6. Und am zweiten oder dritten Tag überflogen wir damit gemeinsam das Suchgebiet. Die Landschaft besteht dort hauptsächlich aus dichten Wäldern, die hin und wieder von kleineren Flüssen und kargen Gebirgszügen durchschnitten werden. Es gibt meilenweit weder befestigte Straßen noch Häuser oder Siedlungen. Wenn man dort zu Fuß unterwegs ist, kann es unter Umständen Wochen dauern, bis man jemandem über den Weg läuft. Aus irgendeinem Grund hab ich aber damals schon gedacht, dass wir an der falschen Stelle suchen.

Und hatten Sie eine Ahnung, wo er ansonsten abgesprungen sein könnte?
Ich bin von Anfang an davon ausgegangen, dass er ein gutes Stück weiter südlich gesprungen ist.

Wie kamen Sie darauf?
Das war einfach so ein Gefühl.

Und wurde dort gesucht?
Nein, zumindest nicht offiziell.

Heißt das, dass Sie auf eigene Faust unterwegs waren?
Als wir schon fast eine Woche gesucht haben, bin ich nochmals mit dem Deputy und seiner Taylorcraft los. Wir fanden aber nichts. Danach bin ich die wenigen Straßen der Gegend mit dem Wagen abgefahren. Aber das einzige Gebäude, das ich damals fand, war eine windschiefe Jagdhütte, in der ein Veteran lebte, der im Zweiten Weltkrieg in der Normandie gekämpft hatte. Als ich auf die Hütte stieß, war es schon kurz vor Weihnachten. Die Heizung in meinem Ford war kaputt, und ich war froh, dass ich mich bei dem Mann aufwärmen konnte. Die Hütte bestand nur aus einem einzigen Raum, es gab weder Strom noch fließendes Wasser.

Wenn der Entführer irgendwo in der Nähe heruntergekommen wäre und Hilfe gebraucht hätte, wäre er mit Sicherheit früher oder später dort gelandet. Der Mann sagte aber, dass er schon seit Wochen niemanden gesehen hatte.

Das klingt, als hätten Sie ihm nicht geglaubt.
Als ich auf dem Rückweg über die holprige Schotterstraße fuhr, die durch den dichten Wald führte, hatte ich das Gefühl, dass er mir irgendetwas verschwiegen hat.

Waren Sie noch mal dort?
Nein. Und das gehört zu den wenigen Dingen, die mich rückblickend ärgern.

Sie haben nicht auf Ihr Gefühl gehört?
Wenn Sie sich mit FBI-Beamten, die lange im Dienst waren, unterhalten, werden Sie feststellen, dass ihre Intuition den einen oder anderen Fall gelöst hat. Allerdings wird niemand Ihnen erzählen, wenn Sie falschgelegen haben. Menschen neigen dazu, nach Zusammenhängen zu suchen. Das liegt einfach in der Natur unserer Spezies.

Epilog

16. Dezember 1971
Portland

Richard stand auf dem Bürgersteig und blickte zur anderen Straßenseite. Der Dodge befand sich noch immer an der gleichen Stelle. Als er den Schlüssel aus der Hosentasche nahm und die Straße auf den Stock gestützt überquerte, knirschte der Schnee unter seinen Stiefeln. Die Wolverines waren das Einzige, was von seinem Outfit übrig geblieben war. Die Jeans, die ihm der Alte mitgegeben hatte, waren ihm etwas zu weit, aber das Flanellhemd passte perfekt. Er öffnete die Beifahrertür und legte die Tasche auf die Sitzbank. Dann schloss er sie wieder, ging um den Wagen und setzte sich hinters Steuer.

Der Truck hatte fast einen Monat hier gestanden, aber als er den Schlüssel umdrehte, sprang der Motor sofort an. Einen Moment blickte er zur schneebedeckten Frontscheibe, schaltete den Scheibenwischer ein und sah zu, wie das Glas von der dicken weißen Schicht befreit wurde. Während die Heizung wärmere Luft in den Wagen blies, suchte er im Radio nach einem Sender. Die ersten Töne von

Wild Horses drangen aus den Boxen. Richard zündete sich eine Zigarette an und betrachtete sich im Rückspiegel. Er hatte ein gutes Stück abgenommen, aber mit dem Bart kam er sich wieder vertrauter vor. Er sah zu der Tasche. Bis auf das Geld für den Bus war noch alles da. Ohne den Alten wäre er sicher nicht mehr am Leben. Und er hätte ihm gerne etwas davon abgegeben. Doch das hatte er nicht gewollt.

»Das hast du dir verdient«, hatte er gesagt. »Wenn du mir deine Geschichte erzählst, bin ich schon zufrieden.«

Richard setzte den Blinker, löste die Handbremse und gab Gas. Als Erstes würde er sich ein Motel suchen.

Alles andere würde sich schon ergeben.

Danksagung

Mein besonderer Dank gilt Florian Wacker, Antje Flemming, Stefan Janes, Katrin Kroll und Melina Mörsdorf, sowie allen Mitarbeitern des Piper Verlages.

Die Rechercheraise in die USA wurde von der Kulturbehörde Hamburg gefördert.

Für die Arbeit an diesem Roman erhielt ich folgende Stipendien:
Stipendium des Künstlerhofes Schreyahn
Aufenthaltsstipendium des Goethe-Institutes Zagreb und des Literaturhauses Kuća za pisce
Spreewald Literatur Stipendium
Hamburgische Kulturstiftung (Kunst kennt keinen Shutdown/Kultur hält zusammen)

Eberhard Rathgeb
COOPER
ROMAN | HANSER

COOPER BAILE
Published in the Interests of the Oregon Country and Its People
Portland, Oregon, Thursday, November 25, 1971
10 CENTS Vol. 70 — No. 223
FLEW OVER PORTLAND
jacker, $200,000 Sought Here
No Man, Money Aboard At Reno
By ROLLA J. CRICK
Journal Staff Writer
AT CONTROLS of hijacked Northwest Airlines 727 on Portland-to-Seattle flight was Capt. Bill Scott. (UPI)
STEWARDESS Tina Mucklow shows fatigue after six-hour flight aboard hijacked Northwest Orient Airlines 727. Crew member Bill Rataczak shielded her from newspaper and television reporters, saying, "She's had rough day." (UPI)
Skyjacker Needs Therapy Course, Says Passenger
Original suspected landing zo
Washougal River
Washougal
pers Spurs Hunt For
Have you seen 'D. B. Cooper'
Height: 5 feet 10 inches to 6 feet
Weight: 170 to 180 pounds
Build: Average to well built
Complexion: Olive, Latin appearance, medium smooth
HIJACK MONEY SERIAL NUMBERS DISTRIBUTED
A list of the serial numbers of the $20 bills received as ransom by the hijacker of a Northwest Airlines jetliner last month has been distributed to all local banks and financial institutions, the FBI announced here yesterday.
The list has been distributed nation-wide in hopes of recovering some of the bills and identifying the hijacker, Robert W. Evans, special agent in charge of the San Diego Division of the Federal Bureau of Investigation said yesterday.
Anyone who believes he may have one of the bills should contact the local FBI office, he said.
D. B. Cooper, Loot Still Missing
Skyjacker Becoming Folk Hero
NORTHWEST